Ein Titan gibt (sich) nicht auf

Biete palliative Medizin gegen trockenen Döner!

Rückschritte des ›Rückbatschers‹

Sich der Welt noch einmal zeigen …

ICH entscheide:
Verdiene ich eine zweite Chance oder lasse ich mich
anzählen?

Impressum

Bibliografische Information der Deutschen National-
Bibliothek: Die Deutsche Nationalbibliothek verzeichnet
diese Publikation in der Deutschen Nationalbibliografie.
Detaillierte bibliografische Daten sind im Internet über
http://dnb.dnb.de abrufbar.

© 2025 Sabine Grassy
Verlag: BoD · Books on Demand GmbH, Überseering 33,
22297 Hamburg, bod@bod.de
Druck: Libri Plureos GmbH, Friedensallee 273, 22763
Hamburg

ISBN: 978-3-8423-4480-8

Das Buch enthält Hinweise zu Webseiten und KI-
Generatoren (›Canva‹, ›Pixabay‹ u.a.), deren Inhalte die
Autorin nicht beeinflussen kann. Nach eingehender
Recherche zu Lizenzen und Paragrafen wird keine Garantie
für die Nutzung übernommen; der jeweilige Anbieter oder
Betreiber ist für die Inhalte der verlinkten Seiten verant-
wortlich (Verweis auf § 13 UrHG, 23 § UrHG: ›KI Bilder‹).

DIE, die immer schreibt …

Das Fundament für eine tiefgehende Zuneigung und Liebe zu anderen Menschen und Lebewesen – die Empathie – wird einem in der Schule nicht vermittelt.

Wenn die Autorin über Empfindungen schreibt, die sie lebt und die sie bei einigen vermisst, klingt sie entspannt und nicht verbittert.

In der heutigen Zeit schmerzt es nicht mehr, gegen eine Wand zu laufen.

Autobiografisches spielt eine sehr große Rolle.

Ein ›Narzisst‹ ruiniert viel, bis sich die Opfer nach ›Pfötchen-Wärme‹ sehnen, weil menschliche Gefühle versagen.

Ein Shih Tzu und sein Freund, ein West-Highland-White-Terrier, nutzen ungewöhnliche Methoden, um (tief) gefallenen Menschen eine Pfote zu reichen.

Entgegen aller ›Missionen‹, die mit einem Happy End einen Haken verdienen, erkrankt der stets starke Westie unheilbar.

Was die Buchreihe von ›Eddy und Mo‹ besonders gemacht hat, wird durch das letzte Buch von (T)Eddy – wenn auch unter Tränen – zu Ende gebracht.

Nach seinem krebsbedingten Tod noch vor der Veröffentlichung dieses Buches empfindet die Autorin eine innere Leere.

Dennoch weckt einer der schlimmsten Verluste ihres Lebens den Wunsch, ihm auf besondere Weise zu gedenken; im Namen aller Vierbeiner, die seine Leidensgeschichte teilen.

Nicht nur ihr Hund hinterlässt Geschichten für ›Seelen-Hunde und -Menschen‹.

Teddy vertrat die Ansicht, dass ein Hund zu der Familie gehört, die er sich ausgesucht hat.

Jeder Kompromiss ausgeschlossen.

Der weiße Krieger wählt gern die Position in der zweiten oder dritten Reihe.

Er stellt sich in diesem Buch nicht in den Vordergrund, sondern alle Tiere, die an einem Plattenepithelkarzinom leiden, verzweifeln und loslassen, obwohl sie noch nicht so weit sind.

Im Kern geht es um Verlustängste, ein ›schweres Müssen‹ und den Kampf, sich von alten Gefühlen zu befreien.

INHALTSVERZEICHNIS

Bodenlos

›Ich möchte‹, ›ich kann‹, ›ich muss‹ …

Ich versuche, ich weiß nicht, ob ich es schaffe, aber ich gebe nicht auf.

Wer will und möchte diese Ich-Bezogenheit hören, die ganz und gar nicht meinem Wesen entspricht?

Bevor dieses Buch zum Lesen freigegeben wird, überliste ich meine Familie, ringe um Leckerlis und setze drei von vier Pfoten darauf, dass die Tierklinik ihr Bestes tut.

Alternativen bieten Möglichkeiten.

Ich rede viel und stehe zu meinem Wort, wenn es von anderen zwei- bis dreimal bestätigt wird.

Wie oft habe ich meine Meinung zu einem späteren Zeitpunkt geändert und Aussagen revidiert?

Das ist reinste Seelenarbeit.

Facettenreich ist mein Leben, aber das allein macht mich lange noch nicht zu etwas Besonderem.

Was ich damit sagen möchte?

Jeder von uns hat diesen ganz besonderen Wert und muss nur auf sensitive Seelen treffen, die zusammen ein ›Mehr‹ oder – im besten Fall – ein Ganzes ergeben.

Hier verzweifelt ein ›Kämpfer mit Terrier-Genen‹ an geltenden Gesetzen.

Von allen Seiten erreichen mich gute Wünsche und eindringliche Ratschläge.

Sobald ich auf hochgekrempelte Ärmel und tatkräftige Unterstützung stoße, stehe ich für mich ein und vor mir gerade.

Ich habe es drauf, zu jeder meiner Entscheidungen zu stehen, egal ob sie folgenschwer oder richtig sind.

Was bedeutet das im konkreten Fall?

Fall? Klingt ein bisschen nach ›Aktenzeichen‹.

Leitfäden? Habe ich die Menschen richtig verstanden, handelt es sich um skizzierte und kurz gefasste Darstellungen.

Angelernt, studiert und – ohne es zu zerreden – auch erlebt.

Bücher? Der Zauber, den sie auf mich ausüben, verdient große Anerkennung.

Aus welchem Grund degradiert man Kunstwerke und ersetzt sie durch den medialen und technischen Fortschritt?

Warum lasst Ihr es zu, dass ein Frühstück mit Tablet, Computer und Notebook das Umblättern ersetzt?

Sich abends mit einem Buch zurückzuziehen und die Fantasie spielen zu lassen, das macht glücklich.

Termine bei Psychologen, die durch die Krankenkassen finanziert werden, sind rar, da Werte verloren gehen.

Es gibt Streit, und an zahlreichen Punkten brechen unlösbare Probleme aus, die wir mit mühevoller Kleinarbeit schon längst als Tiere untereinander hätten lösen können.

Das technische Zeitalter ersetzt die Finger, die nötig sind, um die Seiten eines Buches zu fühlen.

Wer heute noch erkennt, dass sie notwendig sind, versteht mein Buch.

Obwohl ich es nie mochte, mich anzupassen, möchte ich meine Umgebung verstehen.

Fortan beschäftige ich mich mit Gesetzen und lache ›ihn‹ weg, diesen gnadenlosen, aber abrechnungsfähigen und gewinnbringenden Krankenstatus, der sich von der Tierklinik nicht digital erfassen lässt, weil keine Unterschrift von Erziehungsberechtigten vorliegt.

Nee, ist klar.

Als Fehler abgehakt?

Das Universum ist riesig, und ich rede hier nicht von unserem Planeten. Irgendwo muss es einen Platz für mich geben.

Ich liebe mein Leben und will nicht gehen.

Ich weiß, was mich die letzten zwölf Jahre getragen hat.

Schnell erinnere ich mich an die Geschichten der Nachkriegszeit, die ›Vergessenen‹, die ›Trümmerfrauen‹ und ›gefallenen Männer‹. Es entsteht der Eindruck, dass niemand auf den Luxus verzichten kann, den erneuerbare Energien, Wärmepumpen, Glasfaser und vieles mehr als äußerst profitabel erscheinen lassen.

Wo aber bleiben diejenigen, die tiefer fühlen und denken und weder den Fokus ändern noch ihre Orientierung verlieren wollen?

Mit seinem Herzen rettet mein Freund fast so vielen das Leben wie das THW, die DLRG oder die Feuerwehr bei ihren Einsätzen.

Vor jedem einzelnen Einsatzhelfer verbeuge ich mich mit größter Hochachtung.

Gut gemacht.

Jetzt bin ich auf der Suche nach jemandem, der mir die geltenden Vorschriften erklärt, bevor ich mir den Mund verbrenne.

Wenn mein Magen grummelt und ich aufgrund von Schmerzen nicht laufen kann, schicke ich ein dringendes Hilfsgesuch an ›Mo‹.

Er ist jederzeit für mich da; wenn er nicht gerade wie ein Flummi vom Boden zum Sofa springt, kann es vorkommen, dass er sich normal verhält.

Wie dem auch sei: ›Mo isso‹.

Dieser kleine Hund hat mir Leben, Trauer sowie ernste und geheuchelte Liebe nicht mit Worten, sondern mit Liebesentzug und Liebesbekundungen nähergebracht.

Wenn Menschen Memoboards, Meetings und Briefings benötigen, um ihr soziales und berufliches Leben zu organisieren und alles unter einen Hut zu bringen, warum schafft es ein Mini-Shih-Tzu mit Augenaufschlag und viel Wärme mit seinen Hunde-Bordmitteln?

Der Job verlangt jedem einiges ab. Was bleibt, wenn die ›Durchterminierten‹ das streichen?

Familien, die abends mit Freunden an einer Feuerschale über einen Tag sprechen, der unspektakulär ›abgearbeitet‹ wurde, ohne dass er einen Eindruck hinterlassen hat, während er für andere ein kleines Feuerwerk im Hinterhof entzündet hat?

Es gibt sie.

Die Menschen, die Werte glücklich machen.

Wirklich glücklich.

Immer noch.

Die, die Wärme spüren, wenn sie abends von der Familie umgeben sind.

Der Sohn hat zu viel gebolzt und benötigt ein Pflaster.

Der Vater klebt ein wenig unbeholfen eines auf die Stelle daneben, aber beide sind glücklich.

Die Tochter, die einen Test in der Schule versemmelt hat, weil sie wegen Vollmond nicht schlafen konnte.

Die Mutter kommt nach Hause, nimmt sie in den Arm und die Welt ist wieder in Ordnung.

Solche Momente sind durch nichts zu ersetzen.

Ehrlich sein und Treue zu sich selbst, warum hört es sich so leicht an, wenn die meisten nicht verstehen, wie sie es für sich nutzen können?

Bin ich immer bei mir geblieben?

Ich habe Fehler bereut, mich entschuldigt und mich gefreut, wenn mir verziehen wurde.

Wirst Du mir helfen – in meinem letzten Buch – bei all den Fehlern, die ich mache und die vielleicht zu verhindern wären, wenn ich wüsste, wie ich adäquat damit umgehe, dass ich gehen muss?

Trotz der Wärme, die meine Worte ausstrahlen, zeugen sie von einer tiefen Wehmut in mir.

Ich wünsche mir noch ein wenig Weg.

Ein Leben ohne Kummer, Verluste und Schmerzen, dafür mit den Menschen an meiner Seite, die mein Leben mit Farbe füllen.

Sind meine Ansprüche wirklich so weit von der Realität entfernt?

Vier-Pfoten-Tragik

Meine Geschichte

Ich umarme Dich und starte die Achterbahn des ›Kämpfens‹ und ›Sich-Aufgebens‹.

Wer von uns schwitzt gerade mehr?

Es fiel mir nicht leicht, mich für ein allerletztes Buch zu entscheiden, da ich stets ein Krieger war, ein Macher und jemand, der dran- und dabeibleibt.

Selten habe ich mich verbogen.

An dem Punkt begegnet mir mein neues Lieblingswort: Wünsche.

Ich wünsche mir, dass mein Buch von den guten Momenten lebt, frei von Fragen, solange mein Herz schlägt und mich trägt, und dass es nicht von schlechten Momenten überschattet oder zerstört wird.

Den ›bösen‹ Tagen zum Trotz bleibe ich ›der Echte‹.

Ich liebe den Spätsommer fast so sehr wie die Frühlingszeit.

Aus welchem Grund betone ich es?

Die Jahreszeiten haben ihren Sinn und wie gern schaue ich der Natur zu, wie sie vom Winterschlaf zum Leben erwacht, um irgendwann wieder innezuhalten.

Meine Hilflosigkeit in den Griff zu kriegen ist gerade das Wichtigste, und doch stellt es sich als das größte Problem heraus.

Wir haben Sommer, und das ist gut so.

Ich genieße laue Abende, wälze mich auf der Terrasse und muss mir die Frage meines Kumpels gefallen lassen, wie oft ich die ersten zwei Kapitel meines letzten Buches noch umschreiben werde, damit es aussagt, was ich fühle.

Den ›dritten Weltkrieg‹ erlebt Ihr nicht mehr, denn dieser tobt in mir. Ich kann noch so oft Wörter und Gedanken tauschen, doch es geht um so viel mehr, was nicht nur mich betrifft.

Oft habe ich in den letzten Wochen gehört, als sich die Großen unterhielten, dass der ein oder andere ›treue Freund‹ an Krebs erkrankt sei.

Wir stehen daneben und hoffen, dass ihr Gespräch sich nur um etwas Mediales dreht, das sie momentan interessiert.

Ich muss gehen und wünsche mir, dass etwas von mir bleibt, wenn es auch klein ist. Nur was?

In der letzten Zielgeraden meines Lebens spiele ich mich nicht in den Mittelpunkt, weil mich etwas anderes mit großem Stolz erfüllt.

Jede Zeile wird mich überleben.

Vielleicht erscheint mir daher nichts gut genug, was meinem überzogenen Ego geschuldet ist.

Herumkritzeln auf einem Teller mit Mehl, das ist meins, weil der nach außen stark wirkende Terrier nach innen schreit, während er Partys vorbereitet und fast nebenher das Leben anderer aufräumt.

Menschen gehen in Musikschulen oder zum Tanzen.

Wer hilft mir, mich in diesem Leben zu bewegen und die ›Opferrolle‹ aufzugeben?

Will ich wirklich ein kranker Hund sein, den alle mitleidig ansehen? Nein. Ich hole das Letzte aus mir heraus.

Was gibt es für Alternativen?

Viele sprechen von einem ›Plan B‹, doch ich besitze nicht einmal einen für die A-Variante.

Hand aufs Herz, könntest Du einen Leitfaden aus einer Schublade hervorziehen, wenn Du von heute auf morgen Abschied nehmen müsstest?

Niemandem wünsche ich diesen verdammten Hammerschlag.

Ich muss mich entscheiden, ob ich den Status ›Ich plane nichts mehr‹ gegen ›Wunder gibt es‹ wählen soll.

Was, bitte schön, liegt dazwischen?

Dass ich einen Zustand aushalte, ohne auf die Barrikaden zu gehen, widerstrebt mir.

Ich sehne mich nach einem ›Anti-Hunde-Teufel-Schläger‹, der ein durchdachtes, tief gewolltes und ersehntes Lebenskonzept, das hoffentlich nicht nur ein Traum war, realer werden lässt.

Löschen wir es bitte nicht aus.

Vorbereitung durch probatorische Sitzungen?

Fehlanzeige.

Gizmo wäre ohne seine buddhistische Ausrichtung nie zu dem ›Krabumms‹ geworden, den sie im Internet feiern. In seinen Augen werden die geheilt, die von ihrer Selbstsucht abrücken und sich von destruktivem

Handeln befreien; in den meisten Fällen geht seine Rechnung auf.

Du bist doch jemand, sagte er kürzlich zu mir.

Du bist WER.

Du bist DU.

Er mahnte, dass ich aufpassen müsse, mich nicht für andere zu verbiegen, weil ich gut zu ihm passe, wenn ich echt bleibe.

Seine Welt der Kommunikation. Mit Herz und ohne Beton.

Du = BIST

Eine andere Seite kommt seltener bei ihm zum Vorschein, zu der er sich aber eindeutig bekennt.

Soziale Netzwerke reizen ihn trotz des Ungleichgewichtes durch sein Technik-fernes Karma.

Ein Hund als Fan von Suchmaschinen?

Ihm hilft es in traurigen Momenten, wenn er auch manchmal abdriftet, vom Glauben getrieben, die meisten erleben das Schlimmste viel schlimmer als er oder ich.

Tatsächlich gab es Momente in meinem Leben, in denen ich mich für ihn hinterfragt habe.

Gescheitert bin ich an seiner spirituellen Haltung nie, weil er mich als Lebewesen nicht infrage stellt.

Diese Art, mit der er auf andere zugeht, die Augen rollt und seine Sichtweise erklärt. Einmalig.

Totschweigen ist keine Option für ihn.

Er lässt raus, wenn es irgendwo drückt.

Wir reden und lachen viel. Allein bei dem Sprichwort, dass sich der Hund selber in den Schwanz beißt, kommen wir auf einen zehnminütigen ›Lach-flash‹, abgesehen davon, dass einige Menschen unser ›Wedel-Teil‹ Rute nennen.

Ab welchem Moment ist Sorgfalt angebracht?

Als Grobmotoriker in vielerlei Hinsicht, auch in mentalen Bereichen, freue ich mich, anders zu sein, wenn es mir auch manchmal den Boden wegzieht, wenn ich Gefühle so gar nicht verstehe. Oder weil ich einfach nichts gegessen habe. Da ist er wieder, dieser teuflische Selbstbetrug.

Ich reihe mich nach einem grandiosen Tennisspieler als nächster ›Unvollendete‹ ein und erkläre ›unheiliger Gott‹ oder ›gestrandeter Buddhist‹ zu einem meiner Künstlernamen.

Keiner wird sehen, dass ich meine Tränen gegen irgendetwas tausche, was viele in ihrem Leben betrauern.

Gibt es sowas wie die oder den ›Unvollendete(n)‹ überhaupt?

Meine Betreuerinnen (Bezeichnung für meine Frauchen seit der Stigmatisierung durch eine Diagnose), wissen, wie krank ich bin, ohne mich mit Einzelheiten zu belasten.

Genieße ich wie ein Diplomat die Absolution, die mich freispricht von Fehlern und Schwächen?

Bereits als Welpe war ich für Spaziergänger, Kunden oder Passagiere der ›kleine Weiße‹, der von Artgenossen zwar wahr-, aber nicht ernstgenommen wurde.

Wer hat mich WIRKLICH gesehen?

Spätzünder.

Wie gut diese Beschreibung trotz des negativen Beigeschmacks zu mir passt.

Ein Eindruck, der meine Lust aufs Kämpfen weckt.

Weglaufen gehört seit meiner Geburt zu dem Rüstzeug, das mir Sicherheit verspricht.

Sich auf andere einzulassen, berührt und ängstigt mich bis heute gleichermaßen.

Hinterläufe anziehen, Pfoten zum Wettkampf kneten und destruktiven Gefühlen entkommen?

Wieder renne ich weg.

Kommt etwas zurück, das bleibt?

Hoffnung.

Viel geben und keinen ›Gegenwert‹ erwarten, das ist für mich die größte ›emotionale Kunst‹.

Woran arbeite ich überhaupt noch?

Jede Hürde, jedes ›Ich will und kann das jetzt nicht‹, ein ›Lieber schlafen, statt entscheiden‹, nährte lange meine Minderwertigkeit, bis ich gelernt habe, ›wirklich zuzusehen, zuzuhören und Empathie einzufangen‹.

Ein großes Wort, das mich auszeichnet und das zusammenfassend meine Welt beschreibt.

Wer ist wirklich interessiert an Dir und an dem, was Du erlebst?

Nach einem faulen Kompromiss oder einem gespielten Miteinander sehne ich mich lange schon nicht mehr.

Empathie kann keiner erlernen, und ich stehe an einem Wendepunkt zwischen Wärme und Kälte.

Springen oder ausharren?

Ich bin zu Hause, mit einem Gefühl, das mich mitreißt und unter meinem Fell ein ernstzunehmendes Zuhause findet.

Das Herz klopft, mein Puls rast, und ich betrachte nichts als Angriff.

Meine Familie hat mir von Welpen an viel beigebracht, mich allerdings auch vor Stolpersteinen gewarnt.

Mensch und Tier kämpfen gegen den technischen Fortschritt, der das Fühlen aufhält.

Die Großen rechnen Euros im Jahre zwanzig fünfundzwanzig noch in ›D-Mark‹ um, sodass ich Obst gegen getrocknete Hähnchenstreifen tausche.

Um das zu beherrschen, muss ich nicht frei von Metastasen sein.

Funktionieren.

Was für ein schreckliches Wort, das in jede gut ausgestattete Werkstatt gehört, aber auf einem Kinderspielplatz, dem Schulhof und in der Erziehung von Lebewesen wirklich keine Rolle spielen sollte.

Sich Fehler und Schwächen zu leisten, zählt in der heutigen Gesellschaft fast zu einer Sünde und führt nicht selten auf die Couch eines Facharztes, wenn man bereit ist, darüber zu sprechen.

Wann hast Du Dir das letzte Mal gewünscht, anders und somit speziell zu sein?

Die Angst, aus dem Raster dessen zu fallen, was ›gewünscht‹ und ›erlaubt‹ ist, steht vielen im Weg.

Pfötchen oder Fäuste raus, für eine Meinung kämpfen, das bleibt immer meins.

Erreicht man damit mehr als fünfzig Prozent einer Zielgruppe, macht man alles richtig.

Das Leben in der Gemeinschaft und eine gewisse soziale Anpassung sind seit der Corona-Pandemie stark in den Hintergrund getreten, obgleich die Lockdown- und Maskenzeit nur ein Grund von vielen war. Immer dem Weg folgen, der eine Hysterie beendet, ohne das Ausmaß zu kennen, wie krank unsere Welt wirklich ist.

Und ich?

Diesem Tag folgen weitere, an denen wir um uns herumschleichen, weil keiner meine Diagnose versteht.

Meiner Familie wurde auf den Kopf zugesagt, dass ich sterbe, während ich noch auf dem Behandlungstisch stand.

Hallo?

Ich bin hier.

Sprecht nicht über mich, als hätte ich die Vollnarkose nicht überlebt.

An wen auch immer ich mich oben im Himmel wenden muss.

Hört mir gut zu, bevor dem Terrier ›von oben‹ das Licht ausgepustet wird.

Ich bin ›hier unten‹ jemand und wehre mich, wie in einem ›Regenbogenbrücke-wolkenlos‹-Kampf.

Still zu funktionieren, ist nicht ›Westie-like‹.

Stand ich mir je näher?

Schreckliche Schicksalsschläge lasse ich hinter mir und spüre tatsächlich mit dem ›Nach-vorne-Schauen‹ Boden unter meinen Pfötchen, kann einen echten Freund benennen und Menschen, die mich lieben.

Aus Sicht der Medizin bin ich nun ›dran‹, trotz aller Fortschritte bin ich nicht zu retten.

Das wirft Fragen auf?

›Warum JETZT?‹

›Warum ICH?‹

Leeres Geschwätz über das Schicksal und ein Hin und Her, von dem mir Wortfetzen im Gedächtnis bleiben.

Abgesehen von dem ernüchternden Arzt-Kauderwelsch fühle ich mich nicht abgestraft vom Leben, weil der Krebs-Befund auch Grund zur Freude bietet.

Meine Familie kämpft mit der Schulmedizin und alternativen Heilmethoden.

Um mich.

Gibt es einen größeren Liebesbeweis?

Meine ›Mamas‹ wehren sich gegen das, was ihnen das Wichtigste nehmen will, und sie sprechen von einem ›runden, raumfordernden Ding‹ zwischen den wenigen Zähnen, die mir nach der Operation geblieben sind.

Mensch, dann zieht mir die restlichen und alles wird gut, bevor mich in den nächsten Tagen die Botschaft weckt, dass ich ›verloren‹ bin, weil etwas Tag für Tag näher rückt, was sich nicht aufhalten lässt.

Bitte?

Ich will nicht mit-, sondern über mich bestimmen und spüre eine unbeschreibliche Wärme, sobald ich mich in mein Hundebett lege.

Meine Familie nimmt für mich einen ihrer größten Kämpfe auf; ich schließe mich leise an.

Kennst Du das Gefühl von Angst fernab des Wörterbuches, der Schule und Erzählungen?

Ich erlebe neue Dimensionen.

Wann schließe ich die Augen für immer?

Darf ICH das bestimmen?

Warum werde ich von quälenden Zweifeln überflutet?

Ist es nicht möglich, dass jemand anders die Entscheidung trifft?

Ich zähle mich nicht zu den ›beide-Gehirnhälften-arbeiten-das-Beste-heraus-Kandidaten‹ in der Neurowissenschaft, und meinen Nobelpreis behandle ich wie die imposante ›Teddy-Ahnentafel‹ – mit einem zufriedenen Schweigen.

Dieses einzigartige Gefühl, das mich wärmt und in mir den Stolz auf mein erfolgreiches Leben weckt, ist durch nichts zu ersetzen.

Meine ›Dreizehn‹ war mehr als ›nur‹ ein Geburtstag oder eine Zahl.

Ich wurde mit Lichtern und köstlichem Essen gefeiert, da ich entgegen aller Vorhersagen und Statistiken an diesem Tag nicht weniger tobte und mich freute als in den letzten zwölf Jahren.

Was für ein Fest, was für Emotionen, und ich stecke noch in keiner Urne.

Ich kämpfe und nichts macht mich blind für Zwischentöne.

Beim Leben meines Shih Tzu, der seinem geliebten Kloster hoffentlich nicht nähersteht als mir, schiebe ich die Schmerzen beiseite und tausche für ihn ›Schwarz-Weiß‹ in Farbe

Ein stolzer Terrier bedankt sich für den Großteil seiner verbleibenden Autonomie.

Und was macht dieser kleine ›Mini-Verschnitt‹?

Als wäre er in einer Spielshow, wechselt mein Freund – Pfote für Pfote, inspiriert vom Buddhismus – die Karte ›kaputt‹ mit der Karte ›gesund‹.

Unser Leben würde ohne menschliche Unterstützung zum Stillstand kommen. Wir sind uns dessen bewusst und zeigen keine Undankbarkeit, nur weil wir gelegentlich versuchen, die Kontrolle über Euch zu erlangen. Dieser Bonus, dass wir auf diesem hohen Niveau – fast gleichgesetzt mit Kindern – als Haustiere Teil Eures Lebens sein dürfen.

Wie viele Tiere in der Wildnis sind neidisch auf diesen Vorteil, den wir haben?

›Mosaik‹ ist der große Erfolg einer außergewöhnlichen Künstlerin, deren Lieder einen prägenden Einfluss auf mein Leben und das meiner Familie hatten.

Wie oft wollte ich Dinge verstehen, die erst keinen, beim Hören ihrer Texte doch Sinn ergaben?

Stein auf Stein, Steinchen für Steinchen.

Die richtige Interpretation hat unsere Familie beherrscht.

Wie geht es weiter?

Wenn die Schmerzen im Mund und hinter der Nase von Berührungen abhängen und unerträglich werden, lasse ich mir kein Hunde-Geschirr anlegen.

In der Anfangsphase meiner Veränderung ging ›Mama Perfekt‹ in eine orthopädische Klinik.

Wie gern hätte ich ihr nachgerufen: ›Bitte nicht; nicht jetzt. Nimm mich mit. Ich bin derjenige, der Hilfe braucht‹.

Woher soll sie wissen, dass mein Körper schwächelt, wenn ich es vor ihr und jedem anderen verheimliche?

Ich habe keine Gelegenheit, mich aufmerksam zu machen, und die gegenwärtige Situation zehrt sehr an meinen Kräften.

Was lässt mich plötzlich sechzig Sekunden einer Minute Zukunft vermissen?

Es ist erstaunlich, wie lange es gedauert hat, bis mir auffiel, dass ich trotz dieser ›K-Diagnose‹ die Chance habe, Werte und Glück zu erkennen.

Das Hadern bleibt bestehen und sticht wie ein Messer, das keine anderen, aber mich verletzt.

Habe ich mich ernst genommen und wirklich das eigene Leben wertgeschätzt?

An welcher Stelle kamen die ersten Zweifel auf?

Mir wurde nicht mehr wehgetan als anderen.

Vielleicht wirst Du darüber schmunzeln, dass das, was mir am meisten wehtat, ganz oben auf der Rangliste steht. Ich musste meinen Ball sehr oft an stärkere oder dominante Hunde abgeben.

Endlich spreche ich darüber.

Dass mir einige Pfoten, die ich sanft berühren wollte, eisig kalt vorkamen, behielt ich für mich.

Mein Freund leidet genug.

Sein Blick sucht mich, obwohl ich vor ihm sitze.

Er sieht mich nicht, wenn ich ihn anstupse.

Kränkelnder ›Westie‹, wie lange entziehst Du Dich der Meute?

Ein Hilferuf seiner und meiner Seele.

Wir Hunde haben schon lange vor den Menschen erkannt, dass es ohne Trauer und ohne Lachen kein Glück gibt, und wir wollen bedingungslos geliebt werden.

In der quälenden, seelischen Not erscheint der kleine ›weiße Löwe‹ Teddy mit seiner tröstenden Pfote.

Vor einem Spiegel stehend, empfindest Du Dich als fremd, als wärst Du der Person dort nie zuvor begegnet.

Also mir?

Oder Dir?

Warnung an jedes einzelne Symptom:

Gib mir mein Gehirn zurück.

Ich kann auch anders.

Fallen

Ich will zu keinem ›Fall‹ werden.

Bin ich auf einmal kein Lebewesen mehr, das sieht, riecht, fühlt und sich bewegt?

Warum belegt man nicht die mit einem Fluch, die besser damit umgehen können und nicht an ihrem Leben hängen?

Viel zu oft habe ich gekämpft.

Warum schon wieder ich?

Auf der Suche nach einem ›Plan B‹ gerate ich ins Straucheln und muss akzeptieren, was für mich bislang inakzeptabel war.

Viel zu viel lasse ich zurück. Der eine brauchte einen Freund, der andere eine ›Trost-Pfote‹.

Stets war ich da. Eine Planänderung für emotionales Scheitern ist schneller gefunden als eine gegen die Angst, das eigene Leben zu verlieren oder das, was einem wichtig ist.

Zählt das Leben mich an?

Knockout mit oder ohne Chance?

Ich bin zu intelligent, um mir die Welt schön zu malen und mir einzureden, der Einzige zu sein, der vor einem Scherbenhaufen seiner Träume steht.

Gegen den Strom schwimmen, einsetzende Schwäche ignorieren und sich Dingen zuwenden, die weniger problembehaftet sind.

Wow, liest sich das im ersten Moment paradiesisch, und wirkt einige Minuten später doch so unerreichbar.

Beim Spielen habe ich den Ernst des Lebens nie vergessen und einbezogen, angetrieben von der Hoffnung, dass ich weitere fünf bis zehn Jahre glücklich bleibe.

Nach wie vor spreche ich mich gegen ›Hobby-Psychologie‹ von Laien aus, bettele aber mittlerweile – durch einen Perspektive-Wechsel – Heilpraktiker an, mir zu helfen, obwohl ich sie in die vorbeschriebene Kategorie geschoben hatte; wie ungerecht.

Auf diese Weise wird das, was in Hörsälen möglicherweise verloren geht, echt bewegt. Lebenserfahrung und die Liebe zu Tieren.

Wir haben unser ›Herrmännchen‹[1].

---

[1] https://www.tierheilpraxis-voegelsen.de/

Eine Verniedlichung, die völlig deplatziert ist, wenn man sich mit dem geschickten Handwerk dieser Frau auseinandersetzt.

Sie hilft, ohne auf die Uhr zu schauen, und das Finanzielle tritt weit in den Hintergrund.

Den Spitznamen erhielt sie von Gizmo, der sich selten für etwas begeistern lässt.

Mich beeindruckt sein Umdenken.

Schlagartig ist er mit sich glücklich, was nicht nur unsere Familie angesteckt hat. Gizmo hört zu, auch wenn es nicht ausschließlich um seine Belange geht.

Ein Termin bei ›Herrmännchen‹ führte bei ihm erst zu Freudentänzen, weil er vermutlich davon ausging, dass ich geheilt werde.

Wie rasch sich die Stimmung eines Shih Tzu verändert, wenn er über fünfzehn Minuten auf eine Rückmeldung warten muss, ist mir selbst gerade neu.

Ich lächele ihn an.

»Was soll Dein breites, blödes Grinsen und dieser irre Gesichtsausdruck?«.

Er wird sauer.

»Willst Du es hören?«

»Ja, ich möchte umgehend erlöst werden von der Angst, Dich zu verlieren. Wenn der Termin nicht bald steht, breche ich ab. Dann pfeife ich auf Familie und Euer Stottern sowie das Heucheln, dass alles getan wird. Für Euch ist es ein Datum, das ihr eintragt, während es mich verrückt macht.«

Einen guten Eindruck zu hinterlassen, das ist seins.

E-Mails kommen mir in den Sinn, und noch viel mehr diese Unruhe in ihm, wenn die Antwort auf sich warten lässt.

In der Regel schreibt er am Wochenende und betont mehr als einmal, wie schön das Emblem sei, als würde es eine Reaktion beschleunigen.

Gern erkläre ich ihm wieder und wieder, dass jeder hart arbeitende Mensch auch eine Auszeit benötigt und sich an einem Sonntag gern seiner eigenen, nicht einer fremden Familie widmet.

Meine ›perfiden Belehrungen‹ kotzen ihn an.

Gut, wenigstens überhaupt eine Reaktion.

Falls ich demnächst gehe, passt bitte auf Gizmo auf.

Insbesondere, wenn ich seine Korrespondenz hier öffentlich mache.

Ohne Zensur.

Ich chille, weil es mich beruhigt, dass mein Buch erst nach dem ›Tag X‹ veröffentlicht wird.

Wie war noch einmal Deine Einleitung, ›kleiner Buddha-Fan‹?

›Hallo, geschätztes ›Männchen vor dem Herrn‹ oder ›Herrmännchen‹, wenn Du sagst, dass Hunde nicht faul herumliegen, sondern den Raum verschönern, musst Du gegen mich eine Challenge bestehen. Neben Deiner Praxis leitet ein Gastronom sein Geschäft äußerst erfolgreich.

Wer schafft mehr Döner?

Ich. Ich. Ich.

Wer schafft mehr Krallen zu schneiden?

Mit viel Glück Du.

Teddy will in seinem letzten Buch tatsächlich einen Döner gegen seine Krankheit eintauschen, was ich als Zeichen tiefster Verzweiflung sehe. Wir träumen nicht und sprechen über Ängste im Zusammenhang mit dem schweren Loslassen. Er hat das öfter erlebt als ich, aber ich wollte auch nicht aufholen.

Schenke ihm die Kraft und Hoffnung, die ihm gerade fehlt. Ich bin, wie soll es anders sein, ans Körbchen gefesselt, seitdem Du vor Kurzem diese großen Kanülen in meine kleinen Beine gesteckt hast. Ich schwöre, dass ich seither ohne Unterstützung nicht mehr hochkomme.

War das ständige Nachstechen wirklich nötig?

Was bringt man Euch bei?

Ich habe einige Zähne bei meiner letzten Klinik-behandlung verloren.

Reicht es Dir, um Dich sicher zu fühlen, dass ich nicht zubeiße?

Aufgrund meines schlechten Gesundheitszustands sind die Gassi-Gänge verkürzt, und die großen Blutfetzen an meinen Vorderpfötchen heilen zäh. Ich bemerke das ganz nebenbei, um Dir einen Freifahrtschein zu geben, Dich weiter auf ›harmlos‹ auszuruhen, was mich angeht, aber auch, damit Du Deine Energie in meinen Kumpel investierst.

Ich lächele das ein oder andere Mal (wehe, Du lachst; das geht auch ohne Zähne).

Ich freue mich, dass Deine Praxis nicht geschlossen wurde, obwohl sich Deine Vermutung, ich sei eine ›Drama-Queen‹, in unseren Kontakten nicht bestätigt hat. Es existiert stets auch eine andere Sichtweise.

Und nein, ich gehöre nicht zu denen, die sich in den Mittelpunkt stellen. Es geht um meinen Teddy.

Rette ihn, ›Herrmännchen‹, bitte rette ihn.

Wenn jemand das kann, dann Du.

Du bist für mich eine Heilerin.

Hochachtungsvoll - Dein ›Terror-Patient Mo‹.

Gizmo fühlt sich seit seiner Geburt buddhistisch berufen und zieht die Großen in einen mystischen Bann. Viele identifizieren sich mit seiner Meinung.

Er verkörpert das, was ich mir gerne antrainiert hätte, aber es war von Geburt an als Gen in ihm vorhanden.

Etwas, das begeistert und mitzieht.

Fragen bleiben.

Ich habe ihn doch erzogen.

Wer aber hat ihm nebenher beigebracht, intensiv zu fühlen, wenn ich doch bei meiner Geburt auch keinen Mentor an meiner Seite hatte?

Sind ›Wunder des Lebens‹ von Lehrplänen abhängig?

Ich wünsche mir, eins zu werden. Ein Wunder.

Ich wäre der erste West-Highland-White-Terrier, der das Plattenepithelkarzinom mehr als fünf Jahre übersteht und alle überlebt, die bereits bei dem ersten Aussprechen des Wortes mit ›K‹ aufgeben.

Ich bin überzeugt, dass ein Händedruck, das Streicheln eines Tieres und ein aufrichtiges ›Hallo‹ für einen ›Verlorenen‹ mehr bewirkt als ein geheucheltes ›Du brauchst Hilfe‹ und ›ich bin immer für Dich da‹.

Einst wurde ich als ›Rückbatscher[2]‹ gefeiert.

Die Zielgruppe habe ich nicht verfehlt und mein Buch mit dem gleichnamigen Titel wurde weitaus öfter gelesen, als gedacht.

Jetzt muss ich gehen.

Auf mich wartet eine Reise in das Unbekannte, vor dem die meisten von uns Angst haben.

Bewältige ich als ›Rückbatscher‹ diesen gefürchteten ›Rüberschritt‹?

Krise

Ein Gefühls-Legastheniker gerät in Not bei den Worten: ›Wir können nichts mehr tun‹

Ein Satz, der mir mehr Schmerzen bereitet als der Tumor in meinem Mund, weil ich im nächsten Moment erkenne, dass mir das Wichtigste genommen wird.

Wie befreie ich mich von dem Gefühl, dass es dieses Mal um mich geht?

Ist es nötig, jeden Schritt mit meinen Wünschen und Vorhaben von nun an zu planen?

Es existieren große Ängste, dass das, was mir wichtig war und ist, ins Jenseits verschoben wird.

Bis mich ein wohlig-warmes Gefühl einnimmt.

---

[2] https://buchshop.bod.de/rueckbatscher-sabine-grassy-9783754300404

Von hier wegzukommen ist nicht das Schlimmste, weil mich der Umbruch in der Gesellschaft in Angst und Schrecken versetzt.

Da steht ein kleines Kind an einem Zebrastreifen und die Autos überfahren mit einer Selbstverständlichkeit diese weißen Balken auf dem Asphalt.

Während der Pandemie haben sich viele Menschen aus opportunistischen Gründen einen Hund zugelegt. Jetzt sind sie – ausgelöst durch Reize und überfordert von ›neu geschaffenen Regeln‹ – allein und empfinden Langeweile. Die kleinen Fellnasen wurden schnell als ›Corona-Hunde‹ bezeichnet, da sie nur einem Zweck dienten.

Ich hatte Glück.

Wie viel Zeit bleibt mir noch?

Unsere ›Missionen‹ beenden wir doch nicht bitte aus so einem ›banalen‹ Grund wie Krebs?

Ich bin ein Teil von ›Eddy und Mo‹ und die zweite steinlose Herz-Hälfte meines ›Krabumms‹ Shih Tzu.

Wer lässt mich die nächsten Wochen schwach sein und erlaubt es mir, mein Leistungsniveau auf ein Minimum zu reduzieren?

Meine Rolle als Profi, der Stärke zeigt, sobald andere ihn brauchen, war mir klar, als ich meine Welpen-Pfötchen zum ersten Mal auf diese Welt gesetzt habe.

Mit einer riesigen Portion Lebenslust verliebte ich mich in die Vorstellung, dass andere mich gerne um sich haben.

Wird das alles verschwinden?

Wie gern würde ich mich anlehnen, ohne meiner Familie damit zu signalisieren, überfordert zu sein.

Vielleicht würden sie sich über so viel Offenheit freuen, doch in mir wird die Angst immer stärker.

Wenn ich träume, stelle ich mir vor, dass Gizmo den Spuren von ›Rocky R.‹ folgt und ich denen von ›H. Maske‹.

Die Rolle des ›Gentleman‹ reizt mich, keine Frage.

Ich würde sie an meinen Kumpel abtreten, doch kenne ich bereits seine Antwort und unterwerfe mich.

Gefühle, die in Filmen und im Fernsehen glanzvoll dargestellt werden, erscheinen mir wie Zauberei.

Durch meine Schwester gelang es mir, Gefühle zu transportieren. Ich konnte tatsächlich zeigen, ob ich traurig oder amüsiert war. Sie war die Letzte aus unserem Wurf, und ich plötzlich der Softie unter uns kleinen Rüden, die dachten, sie könnten mit noch nicht einmal zehn Wochen die Welt regieren.

Hätte unsere Kleine nicht viel mehr Grund gehabt, Ansprüche an ihr künftiges Leben zu stellen als wir männlichen Beinhebenden, da sie länger auf ihren großen Moment warten musste?

Dass wir ihr einige Zeit voraus waren, erklärt ihren Wunsch nach diesem intensiven Streicheln und Verwöhnt-Werden-Wollen.

War ihr Kampf um die Zuneigung unserer Erst-
familie vielleicht mit der Hoffnung verbunden, dort
für immer bleiben zu können?

Ich spreche hier allerdings von einer ganz trostlosen
Wohngegend mit Hochhäusern im ›selbsternannten
Herzen‹ von Berlin.

Meine Zweifel blieben in meinen Träumen bis
heute.

Wir wurden in diese Welt geboren und standen zum
ersten Mal den Menschen gegenüber.

Obwohl wir zu keinem Zeitpunkt schlecht
behandelt wurden, haben sie unsere Mama doch viel
zu schnell aus unserer Mitte gerissen. Wir standen
völlig ohne Bezug da, weil alle auf ihre eigene Familie
ausgerichtet waren, die wir als Individuen nicht bilden
konnten.

Es war für mich keine Frage, dass Welpen für Ein-
bis Dreijährige und aufgrund der begrenzten Wohn-
fläche zurückstecken müssen.

Das Badezimmer wurde unser neues Zuhause.

Obwohl wir einen warmen Platz hatten, fühlten wir
uns nicht erwünscht.

Noch einmal betone ich die triste Siedlung mit Hochhäusern, was mein schlechtes Gewissen schürt.

»Wir müssen sie endlich verkaufen«
(Loswerden?)

Während ich vor einem Neubeginn stand und auf ein
vielversprechendes Leben wartete, versetzte meine

Schwester dieser Satz, den wir viel zu oft hörten, in Angst und Schrecken.

Die Anzahl der Nachfragen entsprach der Anzahl der Nackenschläge.

Wenn jemand Interesse an meiner Schwester zeigte, taten mir die Pfoten weh, weil ich damit beschäftigt war, ihr das bestmögliche Zuhause zu wünschen.

Mich hätte man problemlos ›wegtun‹ können.

Das ist meine Vorstellung von Glück, das fragil und instabil ist; tiefer kann ich nicht fühlen.

Die Sinnsuche nahm ein Ende, als alle, die mein Herz von Beginn an zum Leuchten brachten, Ähnliches erlebten.

Ich kam zu meiner Familie und stand zwischen Beichte und Schweigen.

Vor wem muss ich ehrlich bleiben?

Vor Gott, dem Papst oder ›Sir‹ Buddha?

Zum ersten Mal bleibe ich mir selbst treu.

Das Studium der Theologie überlasse ich anderen, und der Buddhismus ist mir aus tief empfundenen Worten meines Freundes Gizmo bekannt und näher als andere Religionen.

Macht mich das aber zu jemandem, der glaubt? Was erwartet ein anderer von mir, wenn ich mich für oder gegen einen Standpunkt entscheide?

Muss ich mich vor eine Kanzel stellen und schwören, dass ich nicht gern an der Stelle meiner kleinen, süßen Westie-Schwester gewesen wäre, um glaubwürdiger zu sein?

Sie hat das Glück verdient, für das ich mich vom ersten Moment an bedankt und geschämt habe, weil ich gewählt wurde.

Dass wir diese Situation heute nicht rückgängig machen können, raubt mir gelegentlich den Schlaf.

Habe ich alles probiert?

Muss ich einen Tumor ertragen, weil ich irgendwann auf meinem Weg versagt habe und zu einem ›Falschen‹ geworden bin?

Ich gehe bei Krebs lieber von der Tiergattung aus, statt mich in Krankheitssymptomen zu verlieren, weil ich nichts anderes ertrage. Mein Leben war ein Kampf.

Immer und immer wieder.

Jetzt ist es an der Zeit, das Fragezeichen gegen einen Punkt zu ersetzen.

Wenn das Grübeln, das sich wie eine Schlinge um meinen Hals legt, nicht bliebe, könnte sich das Fragezeichen über mir in ein tief empfundenes ›Endlich bist Du dran‹ verwandeln.

Habe ich es verdient, wegen meiner Krankheit mit dem Bösen konfrontiert zu werden, weil ich nicht genug getan habe?

Bis heute hat das Leben es gut mit mir gemeint.

Habe ich dafür etwas oder irgendjemanden geopfert?

Habe ich zu oft weggeschaut?

Wofür werde ich bestraft?

Die wiederkehrenden Träume, in denen meine kleine Schwester in einer Familie ihren Platz fand, streicheln meine Seele.

Ist sie glücklich und gesund?

Meine Familie macht sich Sorgen um mich, was ich als unerträglich empfinde. Wie dieses Angebot einer Palliativ-Behandlung.

Wir können nichts anderes mehr machen, haben sie gesagt.

Worte rauben anderen, aber nicht mir den Atem.

Nackenschläge haben mich gelehrt, Abschiede zu begreifen, sie auszuhalten und mit Würde hinzunehmen, weil sich vieles nicht ändern lässt.

Behaupten Leute, dass Liebe ohne Loslassen nicht funktioniert, werden sie im ersten Moment nicht gehört, bis eine Situation eintritt, die zum Umdenken auffordert.

Ich weiß heute, was damit gemeint ist.

Warum tut das so verdammt weh?

Wem, wann und wie lange?

Ich schmiege mich seit Jahren an die Beine meiner Frauchen, wenn sie mir auch in emotionalen Ausnahmezuständen kühler erscheinen.

Das ist der Punkt, ein Krieg tobt in mir.

Verstehst Du mich?

Ich rede mir ein, dass es nichts Ernstes ist, solange mir keiner auf den Kopf zusagt, dass ich mich in der nächsten Zeit eine Etage tiefer einrichten muss.

Können sie sich diese Verlogenheit leisten, mir zu erklären, dass jemand von unserer Familie an einer Bronchitis leidet?

Ein Suchmaschinen-konformes Krankheitsbild.

Profan?

Ich hasse dieses Wort.

Pro ist für und was Gutes, ein Fan ist es auch.

Viele meiner Fragen wirken mittlerweile surreal.

Geht es gar nicht mehr nur um mich?

Verliere ich einen von ihnen, beide gleichzeitig, oder meinen besten Freund?

Der verrückte Shih Tzu, der ohne mich kein Prinz sein will.

Lange habe ich geglaubt, dass mir eine ›höhere Macht‹ diesen durchgeknallten Hund mit seiner Hingabe zum Buddhismus geschickt hat, weil ich dem Tod näher als meinem Leben stand.

Die erste Nacht, die ich mit ihm verbrachte, bleibt unvergessen.

Gizmo atmete neben mir und nahm so viel Platz ein wie eine Dogge.

Er lebte, und er blieb.

Endlich blieb jemand bei mir.

Mir ist bewusst, dass wir das und viel mehr unserer Familie zu verdanken haben.

Ich möchte etwas zurückgeben und schaue in versteinerte Gesichter.

Auf einmal wird mir klar, dass es hier um kein Spiel geht, sondern um etwas Schreckliches – und um mich.

Macht was.

Bitte macht was.

Ich flehe jeden Stein, jede Blume und jeden Baum an, und ich bitte um Verzeihung dafür, dass ich früher das Bein gegen sie erhoben habe.

Allen bieten sich Optionen, wenn es um Privat-Insolvenz geht, oder um Ratentilgung. Werden Menschen krank, zahlt die Krankenkasse für künstliche Gelenke.

Welche Alternativen habe ich und zu welchen würde meine Familie mir raten?

Gilt das überhaupt für mich?

Sprecht offen mit mir und holt Euch die Unterstützung der Ärzte, die ich bis heute am liebsten von hinten gesehen habe, denke ich.

Sie sollen mich ins Leben zurückholen, das ich nicht aufgeben will. Seht her, ich gehorche, aus eigenem Antrieb und ohne Pfötchen-Attacken.

Ist es denn wirklich so, dass niemand merkt, dass ich meine Rute einziehe, weil mein Rücken beim Wohlfühl-Wälzen den Rasen berührt und nicht aus Angst?

Wenn eine Chemotherapie mein Leben ohne Qualitätsverlust verlängern kann, wähle ich ›Enter‹.

Ich stimme einer ›Methode ohne Übelkeit‹ zu.

Keiner hätte mir zugetraut, dass ich dem Ultraschallgerät mein Vertrauen ausspreche, weil ich dieses kleine Teil abgelehnt habe für seine ›Überheblichkeit‹ mich zu durchleuchten.

Ich bleibe ein Buch mit sieben Siegeln.

Haltet es auf jede Zelle meines Körpers, ich gebe keinen Laut von mir, versprochen, auch wenn in meiner Krankenakte steht, dass ich fixiert und mit einem Maulkorb gesichert werden sollte.

Ich bin durchaus bereit, sinnvolle Maßnahme mitzutragen.

Befreit mich von dieser Angst und zeigt mir, dass Ihr mich unterstützt.

Viele Menschen brauchen unsere Pfoten, ich benötige heilende Hände.

(M)EIN KÄMPFERHERZ SCHLÄGT

WAS WARTET AUF MICH?

›Herz(z)ensschön‹

Ich teile die Meinung derjenigen, die sich gegen ein künstlich verlängertes Leben aussprechen, und bin dankbar, dass mir weitere Operationen erspart bleiben.

Schneidet diesen Tumor raus, ›Schluss, Aus und Ende‹ ohne Einwände.

Ich spüre, dass mir etwas Fremdes den Mund füllt und damit würde niemand gern leben.

Bleibt wirklich nichts von meinem Gesicht?

Meine Augen!

Sie dürfen einem Eingriff nicht zum Opfer fallen.

Glück auf?

Mit ein wenig Stolz denke ich an Äußerungen wie ›weltschönster Westie‹ und ›was für ein besonderer Hund‹ zurück.

Nein, nicht von meinen Frauchen, tatsächlich von anderen Hundebesitzern. Das muss man mir aber angesichts der Situation heute nicht neiden.

Langsam schiebe ich mich zum Spiegel.

Wow.

Habe ich mir ›vorher‹ die Zeit genommen, um mich intensiv zu betrachten?

Wirklich mich.

Losgelöst von Ansprüchen, die man an Hunde und Menschen stellt.

Ich blende Nebeneffekte aus und sehe einen stattlichen Kerl.

Unmissverständlich.

Ein Gesicht mit der Mimik zahlloser Reize?

Voll und ganz.

Nein, eine Krankheit manifestiert sich nicht und das soll so bleiben.

Heute, beim ersten Spaziergang ›danach‹, wird mir klar, wie sehr sich mein Leben verändert.

Meine ›Mamas‹ weinen, wenn sie einer Bekannten von der Diagnose erzählen, bis diese sich zu mir herunterbeugt.

»Du Armer,« höre ich, und das folgende »Das tut mir so leid« wiegt schwer.

Habt Ihr auch nur die leiseste Ahnung, was mir weh tut?

Tief in mir schreit alles, wenn es auch nach außen still weitergeht.

Der Augenaufschlag von Gizmo gleicht einem Blick des Flehens.

Er zeigt nur noch Traurigkeit und Verzweiflung.

Herrgott, Buddha, andere Mächte: SOS – tut ihm das nicht an.

Mein Freund trägt die größte Angst in sich, mich zu verlieren.

Bitte macht nicht meine Aufbauarbeit von letzter Nacht mit ein paar Worten kaputt.

Ein weiteres Zusammentreffen mit einer Hundebesitzerin verlief normal, wenn ich dieses Wort noch gebrauchen darf und mich nicht schuldig mache.

›Oh Godfather‹, dieser freche Westie wählt das Lachen und Streiten, und er macht sich über Jammerbeutel und Tränensäcke lustig.

Ich verdamme diesen Krebs in mir und nenne ihn von nun an mein ›Herz(z)ensschön‹, das zweite ›Z‹ widme ich meinem Buddy.

Gemeinsam verfolgen wir Ziele und unserer Zukunft stand lange nichts im Weg – auch nicht dieser ›Herz(z)ensschön‹.

»Gizmo?«.

Viel zu wild laufe ich auf ihn zu.

›Krabumms‹.

Der Kleine fliegt durch die Luft und landet platt vor meinen Pfoten.

»Willst Du heute sterben?‹ Vernebelt Dir die Wulst das letzte Stück Gehirn? Mein Verständnis endet hier«.

In seinem Gesicht zeigen sich die wildesten Gedankenblasen, und ich pruste los.

Bedauerlicherweise haben die Mächtigen, die Zweibeiner, in den wirklich wichtigen Momenten nie ein Handy zur Hand. Lernt bei Eurem Nachwuchs, wie lebensnotwendig die Technik ist.

Mein Freund richtet sich auf und schlägt mir, sichtbar verängstigt, dass er den Tumor treffen könnte, unbeholfen ins Gesicht.

Einverstanden.

Getroffen, abgehakt, aber noch nicht verziehen.

Die Rückkehr zu alten Zeiten macht mich viel zu glücklich. Zeiten ohne dieses ›Herz(z)ensschön‹.

Gizmo legt sich platt auf den Boden. Wie ich diesen Blick von ihm liebe, der mich alles andere vergessen lässt.

Bis er anfängt, nach Antworten zu buddeln.

Und er buddelt IMMER.

»Teddy? Warum sprechen sie nicht über Krebs? Jeder redet um das gefürchtete Thema herum. Eine Wunde, eine Erhöhung, dunkle Punkte bei der Bildgebung. Gewebe mit Entzündung? Jemand, der das Medizinstudium bis zum Ende durchgezogen hat, muss das doch wegschneiden können. Dass es alle verharmlosen, weckt Hoffnungen in mir, die sich nicht erfüllen, wenn ich in Deine Augen sehe. Es wurde bei Dir eine Krebserkrankung festgestellt. Warum erfüllt mich dieses Wort mit so großer Angst? Teddy, hilf mir. Bitte. Ich werde Dich nicht gehenlassen«.

Seine Tränen tun mir verdammt weh.

»Komm an meinen Bauch, chaotisches Fusselchen«.

Selten hat er mich zuvor enger umklammert.

Er hat auf mich nie zerbrechlich gewirkt, heute hingegen wirkt er gebrochen.

»Mein Gizmo«, seufze ich. »Krebs ist eine üble Geschichte. Sind wir glücklich, schmieden wir Pläne und lassen es nicht zu, dass äußere Einflüsse diese gefährden. Wollen wir das ›K-Wort‹ in ›Herz(z)ensschön‹ umbenennen?«

»Ich will das gar nicht ansprechen. (M)ein Leben ohne Dich ist nicht möglich, und ich werde Dich festhalten. Deine Angstlosigkeit verstärkt meine umso mehr. Du gibst dem Ganzen einen Sinn. Was jetzt?«

Bevor mein kleines, lebenswichtiges ›Knuff-Dingsch‹ mich verlässt, um allein zu sein, trockne ich seine Augen.

Keine Angst?

Furchtlos?

Ich?

Ein weltoffener und neugieriger Terrier, der vor nichts zurückschreckte?

Es klingt einerseits gut, versteinert mich andererseits, wenn ich an die Worte in der Tierklinik denke.

Mein Herz muss ich nicht befragen, es leidet wie nie zuvor.

Trotz allem gelangt keine Träne auf mein Fell.

Dass ich für meine Familie stark bin, bedeutet nicht, dass ich keinen Schmerz empfinde.

Und ich spreche nicht von meinem Körper.

Innere Stärke

Ein Shih Tzu im Welpen-Alter dachte, dass jemand, der klein sei, doppelt kämpfen müsse, und stellte sich mir mit einem ›Krabumms‹ in den Weg.

›Rumms‹.

Seine Pfote traf zielsicher diese kleine Stelle an meiner Stirn, die am meisten schmerzt.

Der Nervus supraorbitales ist gnadenlos.

Ist der verrückt?

Hat er nach diesem maßlosen Angriff das Zeug, mein ›Alpha-Kumpel‹ zu sein?

Es handelt sich zwar um eine harmlose Beschreibung für einen Herrscher, der bereit ist zu fordern, aber keine einzige Regel einhält.

Gizmo erschien mit einem ›Krabumms‹ der Welt über Nacht, was ich ohne Neid anerkenne.

Als hätten alle nur auf diesen einen Shih Tzu gewartet, der sich nicht verstellen muss, um anderen zu gefallen.

Sein gleichnamiges Buch besitzt – und das ist sein ganzer Stolz – eine größere Reichweite als mein Werk ›Rückbatscher‹, was mich nach anfänglich schlaflosen Nächten an den Punkt brachte, mich zu beruhigen und entspannt zurückzulehnen.

Seitdem warte ich auf eine Antwort, ob es nicht viel mehr Kraft kostet, einen Erfolg aufrechtzuerhalten.

Den Ton vorgeben, auftreten, als wären Hunde seiner Rasse die wichtigsten Wegbegleiter der Menschen.

Lebt er das wirklich? Ja, das tut er.

Unsere Bücher berühren Menschen.

Durch ihn? Ganz sicher.

Singe ich abends in meinem Körbchen ›My Way‹ gibt er mir das Gefühl, ohne ihn verloren zu sein.

»Mo? Dein Narzissmus steht mir ein bisschen im Weg. Ich weiß, wie gern Du erzählst, doch eine Allianz schließe ich aus. Verletzt es Dich, dass ich dieses eine Mal moderiere? Die Welt hört zum letzten Mal von mir. Es ist mein Buch, in dem ich jedes noch so kleine Gefühl nicht untergehen lassen, sondern beschreiben will.«

Gizmo schlägt sich auf die Pfoten vor Lachen, weil er vor Übereifer seine Knie nicht trifft.

Ich habe das Gefühl, dass er mich auf charmante Art umstimmen möchte.

»Teddy? Wo gibt es diese Dinger zum Ausklopfen? Die meisten Häuser sind mit Fliesen ausgestattet und werden mit Schiffen oder ›Schwiffen‹ gereinigt.«

Aus diesem Grund möchte ich sprechen, da für mich die Zeit keinen Unterschied macht und es meinem Chaoten helfen wird, Worte richtig zu verstehen.

Teuer ist nicht wertvoller als günstig, klein ist das Gegenteil von groß, dick und dünn.

Wer Unterschiede betont, muss sie sich auch leisten können.

Die Gefühle von Mo sind nicht kontrovers zu den Gefühlen, die mein Herz berühren und mich geißelt die Angst, ihm nicht gerecht zu werden.

Meine Schwäche bleibt dieser niedliche, treue, tibetanische Begleiter.

Warum spielt er diesen Bonus nicht, wie unzählige Male zuvor, gegen mich aus?

»Ich spüre, dass Du am Abgrund stehst, Teddy. Nie würde ich Dich um einen weiteren Schritt bitten. Bei allem, was uns verbindet, weiß ich, was die Diagnose mit Dir, mit mir und unserer ganzen Familie macht.

Erstmals wirst Du fremdbestimmt, auch wenn Du es ständig leugnest.

Ich würde mich an Deiner Stelle zu nichts zwingen.

Wie viele Nächte lag ich an Deiner Seite und durfte jede Regung spüren?

Schweißtreibende Albträume, die von innerer Unruhe unterbrochen und aufrechterhalten wurden.

Was nicht mit Deinen Gefühlen vereinbar war, hat Dich früher kaltgelassen.

War das nicht der Grund, warum wir bei unseren ›Missionen‹ kurzfristig entschieden haben, ob wir überhaupt weitermachen?

Kein Tag ist mit dem nächsten zu vergleichen.

Auch ich lebe nicht naiv mit einem Gefühl der Endlosigkeit, was mich Grenzen erkennen lässt.

Ich will weder auf unsere Touren, die Missionen, noch auf Dich verzichten.

Wer auf dieser Welt besitzt das Recht, sich eine Krone aufzusetzen und sich Herrscher zu nennen, mit einem Zepter, das Pfoten in die zweite Reihe verbannt?

Gibt uns das Leben die Chance, mit unseren Gedanken und Gefühlen zu jonglieren, bis wir den ›Damit-können-alle-gut-leben-Pfad‹ erreichen?«

Wie sehr ich es genieße, dass dieser Hund an meiner Seite ist.

Gizmo? Ich werde Dich schmerzlich vermissen.

Bei Buddha, zum Teufel (entschuldige, dass ich beides in einem Satz erwähne), wie sehr Du mir fehlen wirst, kann keine Religion veranschaulichen.

Oh Gott, ich werde diesen ›Hau-Drauf‹ überall suchen, auch im Regenbogenland.

Es bleibt etwas von mir, oder?

Bitte versteck Dich in meinem Fell, Gizmo, und erlebe, was es mit mir macht, wenn die Wahl zwischen Wollen und Können unmöglich wird.

Auf einmal ist es mir nicht mehr erlaubt, meine Stimme abzugeben, und ich schaue schweigend zu, wie die letzte Kerze angezündet wird.

Ich will reden und wünsche mir, dass jeder auf sich achtet, bis wieder Raum entsteht für das, zu dem ich nicht mehr gehöre.

Bei welchen Abenteuern lässt mich das Schicksal noch dabei sein, welche Rolle spiele ich darin und wie viele ›Jetzt-Freunde‹ werden als frühere Freunde an mich denken?

Ich nehme mich zurück und empfinde es als selbstverständlich, dass ich keine Tränen verlange; doch wer wird schon gern vergessen?

Mein oberstes Gebot bleibt, Gizmo zu beruhigen.

Er inszeniert auffallend viel, um zu kaschieren, dass ihn die Situation überfordert.

Wie versteht er die letzten Stunden, wenn ich nicht einmal Worte begreife?

Seine Augen strahlen Traurigkeit aus – habe ich je in hoffnungslosere gesehen?

Vor diesem Tag war unsere Welt doch in Ordnung.

Es war nur eine Frage der Zeit, bis Gizmo nachhakt.

»Teddy? Ein Wort. Ich erwarte nur eins von Dir, wenn es mir auch nicht erklärt, welchen Film Du hier fährst. Ein Zeichen und Gewissheit benötigen wir beide.«

»Der Tierarzt redet von einem Tumor, Gizmo, und dieses ›T‹ wächst und ›nutzt ein Programm‹, um eine Operation zu verhindern. Ich würde am liebsten weinen, weil ich Dir eine Antwort schuldig bin. Ich lasse mich nicht von dem Ungewissen entmutigen, bei denen den Experten alle Ideen ausgehen. Der Arzt bezeichnet die palliative Versorgung als einzig verbleibende Option. Ich kämpfe für uns.«

Überzeugt ihn das?

Ich nehme keine Medikamente, die meine Selbstbestimmung einschränken.

Der ›Dr. Haus‹ aus einer erfolgreichen TV-Serie dachte in komplexen Zusammenhängen und rettete die Leben, die von seinen Kollegen in die Pathologie eingereiht wurden.

Verabreicht mir Tropfen oder mörsert herum, damit ich ertrage, dass auch ihr zeitweise nichts von eurem Handwerk versteht.

Ich habe im Leben schon mehrfach die Ungerechtigkeit zu spüren bekommen, weshalb ich mir dieses Mal eine Rolle beim ›Schicksale-Vergeben‹ verspreche, auch wenn ich nicht darum bitte, gesehen und gehört zu werden.

Nur geheilt.

Bitte.

Heilt mich.

Wenn sich mir eine Gelegenheit bietet, lasse ich diese nicht ungenutzt.

Jeder sollte sich an die erste Stelle heben, weil keiner ein zweites Mal lebt.

Wir machen uns auf dem Weg zum Parkplatz.

Schaut Euch um.

Die Leute bringen ihre Haustiere in diese Klinik, und es durchzieht mich eine Wärme, weil ›allen geholfen‹ wird.

Meine Frauchen und ihre tränendurchfeuchten Augen formen ein Bild, das mich um den Verstand bringt und alles andere als kaltlässt.

Ich habe eine schwere Operation hinter mir und bin todmüde.

Wenn ich mich auch freuen müsste, aufgewacht zu sein, sympathisiere ich mit all denen, die nach einem Eingriff ganz viel Zeit für sich beanspruchen.

Ich, der ›Schisser‹, wenn es um Vollnarkosen geht.

Haben wir als Familie nicht immer die Stille trotz Umweltgeräuschen genossen?

Ich habe alles ›Hunde-Mögliche‹ unternommen, um weiterhin der unbestrittene Held zu bleiben.

Überall stehen Fahrzeuge und ich bemitleide Menschen, die mit ihren Haustieren kommen und ohne sie gehen.

Momentaufnahmen, die wehtun?

Sorry, ich kann nicht mehr.

»Teddy, wir schaffen das.«

Tröstende Worte meines Freundes, auf die ich gerade nicht antworten möchte.

Nichts wäre ehrlich.

Soll ich sagen, danke, aber Du musst nicht für zwei stark sein, während in mir alles zerbricht?

Immer wollte ICH für ihn da sein.

Ein Lebensplan, der zerbricht.

Mitfühlende Blicke von allen Seiten … verdammt, das ist nicht meins.

Ist es in Ordnung, wenn ich um einen Gefallen bitte?

Verzichtet in den kommenden Stunden auf jegliche Art von Streicheleinheiten.

Ich kämpfe mich durch die Nacht.

Getrennt von anderen, doch nicht isoliert.

Mein Leben wird nicht zu Ende sein. Weder zu früh noch auf diese kühle Weise.

Ich habe zahlreiche Erfahrungen – mit und ohne Einsatz von ›Hundewaffen‹ gemacht; ich habe gehofft, geweint und – bei Problemen – erst recht weitergemacht.

Seit wann reicht meine Kraft nicht mehr aus?

Obwohl die Regenbogenbrücke einen Reiz auf mich ausübt, den ich noch viel weniger beschreiben kann als alle vor mir, verlasse ich meinen Lebensraum nicht ohne dieses Buch.

Die Träne, die mein Gesicht hinunterläuft, ist all den Dingen und Menschen gewidmet, die ich zurücklasse.

Ich bin kein Schwarz-Weiß-Denker, und ich hoffe, dass mein kleiner Freund mir diesen Satz verzeiht.

Mir ist bewusst, dass er der ›Typ Kampfzecke‹ ist, der zwischen den Zeilen liest (und auf Pastellfarben abfährt, die die Regenbogenbrücke hoffentlich bietet).

Verzeih

Mein ›Knack-Po‹?
Auf ihm ruhe ich mich aus.

Meine Pfoten?

Sie führen mich durchs Leben.

Einigen fehlt es an Disziplin, Selbst- und Körperbeherrschung oder Sensibilität hinsichtlich dessen, was sie bereit sind zu erdulden und zu tragen.

Sie laufen, ohne zu verstehen, welche Last ihre Füße im Laufe der Jahre tragen müssen; und darunter auch oft mehr als möglich.

Platz nehmen. Stillstehen. Vorwärtsgehen.

Diese intensive, stille Selbstbeobachtung, über die niemand gern spricht, beherrsche ich seit meiner Erkrankung.

Wie klingt das auch?

Ich muss darauf achten, dass ich es für mich tue und vermeide alles, was nicht gut für mich ist.

Das Ego kennt keine Grenzen. Wer sich ins Rampenlicht stellt, wirkt schnell narzisstisch oder extrovertiert und riskiert, Sympathien zu verspielen.

Das war nie mein Ding.

Ich beobachte mich seit dem Ausbruch meiner Erkrankung nur sehr viel intensiver. Was habe ich nicht alles für selbstverständlich gehalten?

Ein zentrales Problem stellt meine mentalen Fähigkeiten infrage.

Was erfordert mehr Kraft: anderen etwas vorzumachen oder sich selbst zu belügen?

Ich arbeite an meiner ›Würg-Leif-Balance‹ oder wie die Erwachsenen es nennen.

Ich kann einfach nicht mehr.

Früher waren die Nächte, die mich heute quälen, Zeiten der Ruhe und des Friedens.

Heute nehmen sie kein Ende.

Die Uhr tickt.

Sind die ersten fünfzehn Minuten meines letzten Stück Weges wirklich vorüber?

Täuschen lassen werde ich mich nicht mehr.

Eine Minute besteht aus sechzig Sekunden und durch meine Diagnose schrumpft sie auf fünf?

Erlaubt mir doch bitte ein freies und feines Zeitgefühl.

So manches Mal sah ich meine Frauchen mit einem bösen Blick an, weil sie eine Lösung versprochen, uns aber die abgespeckte Form vorgesetzt haben, die mit ›ABER‹ gepflastert waren.

Öffne ich meine Augen, liegt neben mir dieser kleine ›Wuschel‹, der mein Leben gerettet hat, als dasselbe mir alles genommen hatte.

Er wuchs über sich hinaus, ohne zu wissen, was im Vorfeld geschehen war.

Ihn mit seinen Fragen zurückzulassen, ist ein Gedanke, mit dem ich nicht sterben kann.

Ich suche nach einem Weg für Gizmo, meinem heldenhaften ›Kleingroßen‹, und es tut mir leid, dass ausgerechnet ich nicht in der Lage bin, mit ihm den Abschied durchzuspielen.

Tod auf Probe?

Was würde ich geben, um bleiben zu können, aber die Kräfte verlassen mich und zwingen mich in die Knie.

Schlechte Tage wechseln sich immer seltener mit guten ab, meine Lunge versagt in ihren Funktionen, schnaufender Stillstand und Schmerzen im Kopf hindern mich daran, mich im Schlaf zu erholen.

Wer spricht da?

Ich habe das Gefühl, nicht der Einzige zu sein, der sich mit quälenden Gedanken herumschlägt.

Trotz allem Vertrauen meide ich meine Familie, indem ich mich zurückziehe.

Und das nicht grundlos.

Vorausgegangen war ein schrecklicher Klinikbesuch, weil mein linkes Auge zugeschwollen und vereitert war.

Hey, aber die gehen auch nicht mit allen Zipperlein zum Arzt.

Im Prinzip haben sie die Entscheidung getroffen, mir nichts mehr abverlangen zu wollen und mir meine letzte Zeit so angenehm wie möglich zu gestalten.

Den Schleier vor meinem Auge bemerke ich seit der Diagnose und ertrage lieber ihn als das Spülen mit dieser von Ärzten empfohlenen ›Augendusche‹.

Ich bin mir sicher, dass kein Arzt je zuvor einen Tumor bekämpfen musste, bevor er dieses Ding den

Patient:innen vorstellte, ohne die Pharma-Industrie ausdrücklich zu erwähnen.

Auf den Markt geworfen, werden Hilfsmittel, durch Mondpreise und Lug und Trug vermarktet, ohne dass ihre Qualität durch Langzeitforschungen belegt wären.

Ich bin raus und kämpfe seit Monaten gegen einen Tumor, noch bevor diese ›Augendusche‹ mit Wasser gefüllt wurde.

Was gibt es um Mitternacht zu quatschen?

Es entspricht eigentlich nicht meinem Wesen, mich heimlich anzuschleichen, aber heute will ich es wissen und schaue durch die Wohnzimmertür.

Der geborene Tollpatsch, der mit einem zum Rotwerden geeigneten ›Hallo‹ zur Tür hineinstolpert.

Dieses Mal schaffe ich es, zu gehen, als würde ich auf Federn schweben.

Ein schlagendes Herz verspricht das Gegenteil.

Sie sitzen bei Kerzenschein auf der Terrasse und lachen.

Hey, Ihr wisst schon, dass ich sterbe?

Was bleibt von mir?

Plötzlich gönne ich anderen ihr unbeschwertes Leben nicht mehr, weil ich meines verliere, obwohl ich derjenige war, der nie bemitleidet werden wollte.

Ich höre unsere Namen.

Gizmo, der tibetanische Mini-Löwe, der jeden mit seiner Art um den Finger wickelt.

Ich, der lieber nachgibt, als Zähne zu zeigen und Kraft einzusetzen.

Gern würde ich dazwischenrufen, dass ich von Menschenhand stillgelegt worden bin.

Ich habe Zähne verloren, und die Tierklinik hat mich außer Kraft gesetzt.

Es bleibt die Frage, welche Waffe ich einsetze, wenn Gizmo meine Hilfe braucht?

Langsam bewege ich mich vorwärts, verhalte mich still und höre aufmerksam zu, um herauszufinden, ob es Neuigkeiten gibt, seitdem sie mit der Augenärztin der Klinik telefoniert haben.

Ein Abstrich meines eiternden Auges soll Aufschluss darüber geben, ob es sich um einen Keim handelt.

Ich lege meine Pfötchen zusammen, bete und sehne mich nach erlösenden Worten, die meine Hoffnung auf Genesung stärken.

Erinnerst Du Dich noch an …

Durch diesen Satz führen sie seit mehr als sechzig Minuten eine quälend langweilige Unterhaltung.

Warum blenden sie die Realität aus, verlieren sich in Erinnerungen und verdrängen aus Angst vor aufkommenden dunklen Gefühlen, die auch mich zunehmend treffen, ein Hier und Jetzt?

Ich möchte etwas hören, mit dem ich ›arbeiten‹ kann: eine Woche, ein Monat, ein Jahr?

Lasst Eure Gefühle raus, schreit, haut Dinge zur Seite, aber heult nicht leise in Euch hinein.

Ihr werdet doch um mich weinen, oder etwa nicht?

Mein Herz wird schwer.

Trägt es wirklich so viel mehr als bei anderen?

Das Reißen im linken Brustbeinbereich ist ein Gefühl, das ich nicht kenne.

Herzinfarkt oder Schlaganfall?

Eine ›Rita aus ihrer Welt‹ hatte letzteren, was ihr Leben auf Links drehte. Nichts war wie vorher. Plötzlich weiß ich, wovon traurige, vom Schicksal getroffene Menschen sprechen, was mich vor eine Aufgabe stellt.

Das ›Blablabla‹ im Vergleich zum Plattenepithelkarzinom nervt.

Allerdings fühlen sich auch Menschen oft nicht mehr gesehen, sobald sie mit Schwächen an die Öffentlichkeit gehen.

Ich treffe eine Entscheidung.

Unterhaltet Ihr Euch über das Tagesgeschehen, während ich den Schlaf meines Freundes bewache.

Als ich aufschnappe, worauf sie und ich warten mussten, um Gewissheit zu haben, traue ich meinen Ohren kaum.

Als mein Kumpel leise Luft holt, geht das Gespräch in die entscheidende Runde.

»Die Internetrecherche muss aufhören. Ein Pudel mit Plattenepithelkarzinom lebte nach der Diagnose weitere drei Jahre, während eine Bulldogge nicht einmal zwei Tage überstand. Es macht mir Angst, nicht zu wissen, wie stark die Schmerzen von Teddy sind.«

»Frag mich mal. Die Ärztin stützt unseren Verdacht, dass das Geschwür inzwischen eine beträchtliche Größe erreicht hat und der Raum für eine Ausbreitung zunehmend kleiner wird. Drückt er jetzt von hinten gegen das Auge, wissen wir nicht, was er als Nächstes angreift. Was können wir für ihn tun?«

Warum habe ich das Gefühl, dass ich bald nicht mehr hier sein werde?

Längst habe ich verstanden, dass alle es gut mit mir meinen, auch wenn ich die Diagnose anzweifele.

Immer und immer wieder.

Diagnose Hautkrebs bei einem sichtbaren Tumor in der Mundhöhle? Aber doch nicht bei mir.

Sonnenanbeter auf vier Pfoten passt zu mir, aber ich kenne meinen Körper und kann beurteilen, was er verträgt.

»Es ist unsere Aufgabe, ihm täglich das Auge auszuwischen, die Salbe einzumassieren und darauf zu achten, dass es ihn nicht quält.«

Haben sie das tatsächlich gesagt?

Dass ich keine Qualen erleide?

Das hat etwas von ›auf die lange Bank schieben‹.

Ihr seid meine Lieblingsmenschen, knickt doch bitte nicht bei einer Erstdiagnose ein.

Wenn sich niemand explizit mit meiner Erkrankung auseinandersetzt, lehne ich halbherzige Hilfe im zweiten Durchgang ab.

Dann macht es gleich richtig und nicht auf Raten.

Mich auf Rezept fallenzulassen – steht das für Zukunft? Ist das Eure Vorstellung von Hoffnung?

Hier geht es um mein Herz, ich bin ein Lebewesen, und Ihr wisst das genau.

Begeht nicht den Fehler wie einige vor Euch.

Zum ersten Mal begreife ich, was der Facharzt nach der Zahnextraktion mit palliativer Behandlung gemeint hat.

Ich werde als Hund nicht mehr operiert; stattdessen pumpt man mich mit Schmerzmitteln voll und stellt mich ruhig; wenn gar nichts mehr geht, dann …

Circa vierzig Zentimeter Zärtlichkeit liegen vor mir.

Ein – nein, MEIN – Shih Tzu, der mich einst aus der Tränenhölle befreite.

Ich will ihn nicht sich selbst überlassen

Wird er sich an mich als seinen Freund erinnern oder an einen feigen Kumpel, der sich viel zu früh und ihn gleich mit aufgegeben hat?

Verzeih mir meine heutige Schwäche, tapferer Mini.

Ich kämpfe weiter.

Flucht

Wie schaffe ich es, anderen das Gefühl von Sicherheit zu geben, dass alles gut wird, während in meinem Inneren alles nach Hilfe schreit?

Ich stehe für den ›weißen Krieger‹, den nichts aus der Ruhe bringt. Obwohl ich nicht zu einem Kämpfer erzogen wurde, trage ich mit Stolz ein besonderes Gen in mir. Lache jetzt nicht, das juckt mehrmals täglich hinter meinem rechten Ohr.

West Highland White Terrier sind tapfer und nehmen nicht als ein Häufchen Elend Platz auf einer Felldecke.

Ich sitze das aus und sterbe nicht den ersten Tod vor dem gefürchteten ›Tag X‹.

Komm, Alter, schwing die Pfoten, mache einen Move und lasse alle negativen Gedanken hinter Dir.

Das zur Theorie.

In der Praxis gibt es nach ›Corona‹ die ›Long-Covid‹-Fälle. Ich hoffe, alle Betroffenen verzeihen mir, dass ich mir gewünscht habe, ›nur‹ daran zu leiden. Fatigue oder Gedächtnisstörungen, permanente Müdigkeit; nicht harmlos, aber vielleicht (?) nicht so aussichtslos wie dieser Tumor.

Mein ›Herz(z)ensschön‹ bleibt, und eine Vorwölbung an meinem Gaumen erinnert mich daran, dass ich nicht mehr in der Lage bin, mein Leben selbstständig zu gestalten.

Ich habe geglaubt, nach der Operation Extraktion mehrerer Zähne ein ungewohntes Gefühl zu verspüren oder einen gewissen Wundschmerz.

Ich würde mich an jede Veränderung gewöhnen, wenn ich doch nur bleiben dürfte, wenn es auch wehtut, dass ich wahrhaftig den ›Biss‹ verloren habe.

Ich schätze alte Menschen und denke, dass sie zu wenig gesehen, gewürdigt und in einigen Fällen auch nicht richtig behandelt werden.

Seniorenheime?

Wen sieht man dort?

Die Großen, die ihr Leben lang geschuftet, Kinder erzogen und für den Unterhalt der Familie gesorgt haben.

Ein System, das heute ins Straucheln gerät.

Ich möchte nicht mit diesen ›stillgelegten‹ Menschen am Tisch sitzen, Suppe schlürfen und in eine Schublade gelegt werden.

Es passt nicht zu meiner Vita.

Der große Shih Tzu-Beschützer, der sich vor anderen Tieren aufstellt, sobald der Kleine sich bedroht fühlt.

Existiert mein Vorbildstatus noch?

Hast Du auch schon die Erfahrung gemacht, dass Erinnerungen an vergangene Zeiten etwas Rätselhaftes in sich tragen?

Manches scheint plötzlich übertrieben oder macht keinen Sinn, während mir deutlich wird, was ich vernachlässigt habe.

In jedem zweiten meiner Träume taucht diese bunte Brücke auf.

Wenn ich eine Pfote draufsetze, leuchten Farben auf, die jedes menschliche Silvesterfest in den Schatten stellen.

Noch verfluche ich sie, weil sie meine ›Dackel-Ladys‹ verführt hat. Über Nacht ging erst die eine, ein Jahr später die andere.

›Mondsüchtig‹ handelt in einem Film von Sehnsucht.

Gibt es ›farbsüchtig‹?

Ich möchte eine Option eingeräumt bekommen, wie in so einem Versicherungsfall, dass ich zurückkehren darf, wenn es mir da oben nicht gefällt. Bitte, gebt mir eine zuverlässige Assekuranz.

Zutiefst traurig, am Ende meiner Kräfte und allein, sehne ich mich danach, meinen verstorbenen Fellfreunden wieder nahe zu sein, auch wenn mir meine ›Mamas‹ ihre Hände reichen.

Wenn Gefühle nach einer Pause verlangen, handelt es sich nicht um eine fixe Idee.

Das Essen habe ich nur teilweise eingestellt, weil ich keine Schwäche zeigen, aber meinen Willen beweisen möchte, dass es weitergeht.

Wären meine Frauchen nicht einen Schritt voraus, hätte ich meinen Plan verwirklicht.

Rumms und ›Krabumms‹.

Das erste Zeichen eines Hundes, der mein Leben später auf den Kopf stellte.

Hat ein Hund dieser Rasse die Fähigkeit, auch mal einen Gang zurückzuschalten?

Seinerzeit fühlte ich mich nach Schicksalsschlägen traurig und leer, wollte aber auch gesehen werden.

Ich war nicht auf der Suche nach etwas Großem, das mich tröstet. Nein, ich hatte nicht mal eine Vorstellung von dem, was ich mir wünschte.

Bis zu dem Tag, an dem ER mir gegenüberstand.

Klein, zerbrechlich und unsicher.

Mit einem ›Krabumms‹ trat er in mein Leben, der kleine verrückte Shih Tzu, der mir als Geheimwaffe gegen Depressionen empfohlen wurde.

Schonungslos und selbstüberschätzend, mit einer Lizenz zum ungezügelten Frech-Sein und unbeeindruckt von meiner Trauer, vollbrachte er das für mich Unfassbare.

Die Lust am Leben erwachte in mir das zweite Mal, zeitgleich trat diese farbenfrohe Brücke am Himmel in den Hintergrund. Intensiv gelebte Gefühle an seiner Seite stärkten meine Kraft, bis diese von Selbstzweifeln überwältigt wurde.

Wie kommt er ohne meine Hilfe zurecht?

Als ich mich für ihn entschied, war er ein ängstlicher Welpe. Er weiß nicht, wie es ist, allein zu sein. Das verstärkt meinen Seelenschmerz. Ich bin kein Hund, der nur auf sich selbst fokussiert ist.

Nimmt Gizmo bereits Abschied? Obwohl ich ihm viel beigebracht habe, habe ich es versäumt, ihn auf die Schattenseiten des Glücks vorzubereiten.

Er ist unerfahren, wenn er zurückbleibt, und sein trauriger Blick versetzt mir einen Stich.

Bis vor einigen Monaten haben wir noch ›Missionen‹ erfüllt, Menschen geheilt oder ihnen geholfen, und Zukunftspläne geschmiedet, während wir künftig über soziale Medien Spaß verbreiten wollten.

Wir sind das Team ›Fell-Retter mit Herz auf Pfoten‹.

Ich träume manchmal von Kuddel, unseren Seefahrer, der unfreiwillig aufgrund seiner Krebserkrankung das Leben auf dem Meer gegen eines an Land eintauschen musste. Seine maritimen Abenteuer rückten in den Hintergrund, weil notwendige Arztbesuche Vorrang hatten. Seine Krebsdiagnose erschüttert mich bis heute; jetzt noch viel mehr.

Ich vertraue darauf, dass er es geschafft hat und sich neu verwirklichen konnte. Irgendwie.

Was ist wohl aus ihm geworden?

Und aus allen anderen?

Denken sie noch an Gizmo und mich?

Wenn ich gehe, hinterlasse ich einiges, nehme jedoch weitaus mehr mit.

Den Gedanken, noch einmal alte Bekannte aufzusuchen, verwerfe ich schnell.

Alles hatte (oder hat) seine Zeit.

Dennoch finde ich die Idee gut, mit meinem besten Freund eine ›letzte Mission‹ zu starten und liebgewonnene Fellfreunde einzubeziehen.

In gewissem Maße eine Ehrenrunde mit Gizmo, meiner großen Liebe, und meiner Familie als Dank für dreizehn sinnerfüllte Jahre.

Was bedeutet frei?

(Für Bruno)

Ist es nur ein Gefühl, frei zu sein – oder bin ich es tatsächlich?

Ungebunden zu sein, klingt nach ganz großer Freiheit.

Warum wird mir immer mehr klar, dass chemische Substanzen dafür verantwortlich sind, dass meine Schmerzen reduziert werden, mich zu sedieren und müde zu machen, um überhaupt zurechtzukommen?

Hat das noch etwas von Freiheit?

Inzwischen bin ich von diesem hochwirksamen Schmerzmittel abhängig, auch wenn ich dankbar bin, dass es diese Behandlungsoption gibt.

Ich werde dreizehn.

Auch wenn es mir gelingen sollte, meine Befindlichkeiten (was fraglich ist) zu verbergen, während ich mit Zorro und Gizmo unterwegs bin: Oft fehlt mir danach die Kraft für den restlichen Tag, da es viel Energie kostet, an alter Stärke festzuhalten.

Schmerzfreie Tage liegen lange zurück, während die von Angst geprägten mich fertig machen, als würde eine unsichtbare Hand meinen Hals fest umschließen.

Ich vermisse meinen ersten Freund, der in meiner frühen Kindheit auch mein bester war.

Bruno.

Was für ein Typ.

Der Stolz eines Jägers und seiner Frau und für mich ein Kumpel, der jeden Hund annehmen konnte, wie er war.

Selbst mich.

Wie oft habe ich mich an seinen Barthaaren nach oben gezogen und furchtlos in seinem Gesicht geschlabbert, als gäbe es kein Morgen.

Ich betone hier nicht wie in einem Ratgeber das Sozialverhalten der Tiere, wenn es auch ›unter uns‹ bestimmte Regeln gibt.

Bruno zeigt bei der Interaktion mit jedem seiner Artgenossen eine individuelle und einfühlsame Methode.

Hut ab, das klingt nach trivialem Fernsehen und Kitsch, aber nicht nach mir.

Fell durchschütteln und weiter geht's.

Wird er mir Kraft geben?

An belastenden Tagen war er stets eine Stütze für mich.

Bruno?

Ich brauche Dich.

Mehr als jemals zuvor.

Trotz der Tatsache, dass ich ihm mit einem sehr wichtigen Ziel vor Augen entgegenlaufe, werde ich langsamer, da ich ihn – Schritt für Schritt – immer weniger spüre und seinen Geruch nicht mehr wahrnehme.

Warum habe ich mich nicht meiner Familie anvertraut, die mich jetzt unterstützen könnte, wenn ich mich verliere?

Immer noch sehe ich es als Schwäche an, zuzugeben, nicht mehr autark zu sein.

Ein schwerer Fehler.

Ich habe Angst vor jedem neuen Tag.

Meine Schmerzen wechseln stündlich ihren Charakter.

Ärzte erheben durch Schmerzfragebögen, ob die Beschwerden hämmernd sind, stechend oder ob sie in der Tiefe sitzen. Ist der Schmerz scheußlich, brennend oder heiß? Macht er sich in Attacken bemerkbar oder ist er dauerhaft ein Wegbegleiter?

Falls es nicht so traurig wäre, würde ich ein Potpourri füllen.

Mein Schmerz?

Brennend.

Es gibt Entwarnung von ›Dr. Google‹, da es sich ›nur‹ um einen durch Fehlbelastung gereizten Nerv handelt.

Doch was, wenn er anfängt zu ziehen?

Eine Fraktur, die einer Operation oder einer Schienung bedarf?

Bis mich ein Schmerz heimsucht, der charakterlos ist. Zero.

Unbarmherzig und schwer kalkulierbar.

Teddy, wach auf, werde erwachsen, schaue tief in Dich hinein und komme wieder klar.

Diejenigen, die Dich lieben, stehen hinter Dir.

Selbstbesänftigung tut gut.

»Ich muss zu Bruno«.

Schreiend stürme ich auf unsere Gartentür zu.

Mein Weg wird durch eine Vielzahl von Vorwürfen blockiert.

»Bist Du wahnsinnig? Wir haben Dich überall gesucht. Übertreibe es nicht, Freundchen, die Autos verlieren nicht an Gefahren«.

»Hört Ihr Euch noch selber zu? Ihr stuft eine Krebs-Erkrankung als weniger gefährlich ein als einen Verkehrsunfall?«

Stille.

»Was hast Du, Teddy?«

Wenn diese Frage ernst gemeint ist, dann habe ich das Leben auf Gedeih und Verderb missverstanden.

»Bringt mich zu meinem Bruno, ohne Fragen zu stellen und werft mir nicht vor, dass ich den einen sehen will und den anderen nicht. Nur Bruno versteht mich«.

Das Schweigen ist erdrückend.

Hallo, Leben? Ich erfahre nichts über die letzten Stunden meines ersten Freundes? Aus zweiter Hand kommen wenige Details.

Das Krematorium sei empfehlenswert.

Wie bitte? ›Creme?‹ ›Tor?‹

Die farbenfrohe, prachtvolle Brücke, die mir versprochen wurde, entfernt sich in unerreichbare Weite.

Ist Bruno tatsächlich aufgebahrt worden?

Innehalten, Teddy, beruhige ich mich. Worüber sprechen sie gerade? Weshalb durfte ich mich nicht von meinem ersten und treuesten Freund verabschieden, der zugleich auch mein bester und liebster Kumpel war?

Das Leben trifft Entscheidungen.

Mir ist übel.

Beim Wechsel von der Grundschule in die Orientierungsstufe sowie in weiterführende Schulen oder das Gymnasium verlieren Kinder wichtige Bezugspersonen.

Ab wann lassen sie ihre traurigen Momente hinter sich, die Jahre oder Jahrzehnte später über soziale Medien geklärt werden (oder auch nicht)?

Als Welpe hatte ich Angst vor dem Wind, der über die Felder fegte.

Bruno stand oft an meiner Seite, hielt mich fest und gab meinem Leben Bedeutung.

Gizmo spielte erst später eine wichtige Rolle, aber ich habe die beiden nie miteinander verglichen.

Tief in meinem Inneren wird Bruno DER bleiben, der mir Halt gab und Orientierung bot, als ich für mein Umfeld der ›Lütte Westie‹ war, der es cool fand, dass da ein Großer auf ihn aufpasst.

Du bist wirklich vorausgegangen?

Ich kratze an der Metastase neben meinem Ohr und ignoriere den psychischen sowie physischen Schmerz.

Bruno?

Meine Inspiration. Mein Vorbild.

Ein Held, der bleibt, und ein hervorragendes Beispiel ist für dieses soziale ›Dingszeug‹ zwischen Tieren.

Ein weiteres Mal bist Du meine Rettung, weil mir bewusst wird, dass ich Dich und meine ›Dackel-Diven‹, die mich in meinen frühen Lebensjahren begleiteten, wiedersehen werde.

Die fiese Angst vor dem, was kommt, lässt mit innerer Wärme nach.

Du wirst ›dort‹ warten, oder?

Gleichzeitig wächst die Besorgnis, dass Gizmo ohne mich nicht die Kraft hat, hier weiterzumachen.

Er braucht eine letzte ›Mission‹.

Noch sind wir ›Eddy und Mo‹.

Die ›Weg-Macher‹

Ein Tränensack?

Es sind nur noch wenige Monate bis zum Heiligabend.

Damit wecke ich die Begeisterung des kleinen Knirpses neben mir, weil er Geschenke über alles liebt und es genießt, überrascht zu werden.

»Mo? Während Du schläfst und draußen der Schnee fällt, verwandelt sich die Landschaft von herbstlichem Grün in ein strahlendes Winter-Weiß,« lüge ich ihm direkt ins Gesicht.

Nein, in der Zukunft wird mich niemand heilig-sprechen.

»Hey, selbst wenn unsere Weihnachts-Mission ›Glücksschauer‹ schon eine Weile zurückliegt, sind die Erinnerungen lebendig. Raff Dich auf, ich brauche Dich. Jetzt noch viel mehr.«

Der kleine Shih Tzu schaut mich zerknittert an, seine Augenschlitze sind winziger als eine Stecknadel und müssen in Millimetern gemessen werden, belastet durch mehrere Tage Schlafsand.

›Gizmotron‹? Schläfst Du? Hoffentlich bin nicht ich derjenige, auf den er seine Schuld abwälzt, nur weil ich seinen Biorhythmus seit Tagen durcheinanderbringe.

Bevor er mir erklären kann, wie sehr er sich in seiner freiwilligen Entscheidung bedroht fühlt, ziehe ich mit meiner Schnute einen Sack in seine Richtung.

Endlich, ein Lebenszeichen – und was für eins.

»Merke Dir, mein Freund, ich lasse mich nicht erpressen, erst recht nicht emotional. Noch dicker aufzutragen als mit diesem großen Jutesack ging nicht, oder? Durchleuchte ich das Leben Buddhas, erlebe ich Deine Krankheit mit, als hätte ich mich mit Krebs bei Dir angesteckt. Nur so nebenbei, Teddy, Deine Taktik, Druck auszuüben, verliert an Wirkung, sobald Du kokettierst. Wenn Dir meine Meinung wichtig ist, verzeih mir bitte, dass ich auf Komplimente verzichte, weil ich nicht mit Schonkappen durchs Leben gehe.

Es fehlen Hunderte von Geschenken, um das Jute-Teil zu füllen. Viel Erfolg beim vorweihnachtlichen Betteln bei unseren Frauchen. Ist es nicht langsam Zeit, dass Du Dich um Dich kümmerst?«

Während ich die Augen rolle, gebe ich meine Beute auf, aber nicht meine Illusion.

Welche Schicksale begegneten uns auf unserer Weihnachtsreise?

Eine zerbrechlich wirkende Frau, die als Kind missbraucht wurde und nicht in ihr Leben zurückfand, Menschen, die an ihrer Trauer zerbrachen.

»Wir haben zahlreiche Schicksale aufgedeckt, Mo, darunter Essstörungen, Drogensucht, häusliche Gewalt und Einsamkeit; und wir haben unsere Pfötchen genutzt und uns angestrengt, um Tränen zu trocknen und das Weihnachtsfest zu retten. Hast Du nie das Gefühl gehabt, dass Dir etwas fehlt?«

Gizmo schaut mich fragend an.

»Was meinst Du?«

Allmählich kommt er zu sich, aber meine Beweggründe bleiben ihm weiterhin schleierhaft.

»In Deinem Herzen steckt der Wunsch, Menschen, die traurig sind, zu beschenken. Wer aber übernimmt die Kosten für Deine Mission, damit Du leere Herzen füllen kannst? Am Rande erwähnt zähle ich mich zu den Traurigen, die von Schicksalsschlägen getroffen wurden. Ich werde Dich loslassen müssen und Du resignierst bei Kleinigkeiten, weil Du nicht verstehst, wie ernst es um Dich steht.«

»Verdammte Scheiße, Gizmo. Es ist mir ein Bedürfnis, anderen zu helfen. Ihre Freude ist ein Geschenk an mich und ein Stück Heilung.«

»Mit einem Sack?«

»Nicht mit irgendeinem. Er fängt Tränen auf, die lange und tief verborgen lagen.«

»Eine Tüte für Tränen?«

Jetzt reicht es.

Mit meinen Pfoten trommle ich auf den Boden ein, rolle mich vor Lachen und blicke in ernste Augen, bis ich mich wieder beruhige.

Ich verabscheue Oberflächlichkeiten, kritisiere sie bei anderen und greife nach ihnen, um mich nicht mit Dingen auseinanderzusetzen, die mich überfordern.

»Mo? Verzeihst Du mir? Die Öffentlichkeit würde mich in der Luft zerreißen. Es ist hundsgemein, Dich ausgerechnet an einem Punkt zu reizen, an dem Du bereit bist, mir treu zu bleiben. Ich denke an Zorro, ja, und ich denke über eine ›letzte Mission‹ nach.«

Es ist außergewöhnlich, dass ich meine Gesundheit mit einem Wort wie ›das Letzte‹ verknüpfe.

Mit einem Schmunzeln fragt mein Freund, ob Zorro den Bedürftigen tatsächlich helfen wird, ausgestattet mit einer schwarzen Maske.

Trotz meiner fortwährenden Zweifel, ob ihm bewusst ist, dass ich von dem kleinen, besonderen Chihuahua spreche, der ihm erfolglos nachläuft, überrascht er mich erneut.

»Ach, unser Held Zorro? Sind wir mit ihm die ›WEG-Macher‹, die durch eine schwere Zeit führen? Sofern Du nicht darauf aus bist, verehrt zu werden, bin ich einverstanden. Ich vermute, dass aus der Weihnachtsreise nichts mehr wird, aber kein Wort zu Teddy«.

Zorro

›Ich trage keine Glocke um den Hals‹, ist seine erste Reaktion.

Hier sitzt er, unser kleiner Freund, der die Bedeutung von ›Mission‹ und die Doppeldeutigkeit von ›Weg-Macher‹ nicht versteht.

»Legst Du es darauf an, geschüttelt zu werden?« reagiere ich gereizt.

Ja, ich fahre schnell aus meinem Fell, wenn mich jemand nicht auf Anhieb versteht. Es macht mich wahnsinnig und bringt mich um den Verstand.

Aufgrund seiner sensiblen Art ist Gizmo gefragt.

»Zorro? Woran denkst Du, wenn die Tage kürzer werden, der Schnee überall glitzert und bald wieder Weihnachtslieder die Hitlisten dominieren?«

»Dass die Menschen unter Druck stehen. Kürzere Ausgänge, kalte Hände und Füße sowie der Song einer britischen Band, der jedes Jahr an eine verlorene Liebe erinnert«.

»Das ist es!« rufe ich begeistert. »Traurigkeit, Melancholie und Sehnsüchte«.

Entweder irre ich mich oder die Blicke der beiden verfinstern sich.

Hören Sie mir noch zu?

Es ist nichts anderes als die schönste Feier des Jahres. Ohne darüber nachzudenken, ob mein Wut-ausbruch gerechtfertigt ist, schreie ich los, dass ich jedem das Recht entziehe, Gefühle mit meinen in Verbindung zu bringen, die nicht mehr passen.

Gizmo schreit mich an.

»Ich war glücklich und will es bleiben. In Anbetracht der gegenwärtigen Ereignisse kannst Du sicher sein, dass ich Verständnis für Dich habe. Dennoch bin ich kein Zielobjekt für das unfaire Ausagieren Deiner Gefühle, die Du momentan nicht zu bewältigen vermagst, Sir Teddy«.

Das war ein Treffer.

Bin ich das Problem?

Zu jedem Zeitpunkt?

Ich mache meines zu seinem. Diese anhaltenden Minusgrade im Winter, oder?

»Beruhige Dich, kleine Frostbeule. Obwohl auch ich kalte Füße habe, ist das Prickeln, sobald wir wieder im Warmen auf ihnen stehen, unbeschreiblich. Gibt es ein Lied, das alle zu Weihnachten erreicht? Tief gefühlt, meine ich. Weihnachten ist für mich ein einziges Gefühl, das sich nicht in Worte fassen lässt. Wir sind zu dritt und können Emotionen transportieren.«

Gizmo und Zorro lassen die Köpfe hängen, wenden sich traurig ab und entfernen sich mit an Sicherheit grenzender Wahrscheinlichkeit innerlich von meinem Vorhaben.

»Bleibt bitte, bleibt bei mir«.

Mein Flehen setze ich nicht in manipulativer Absicht von Tränen begleitet ein.

»Teddy? Ich habe Angst. Keine unserer ›Missionen‹ verlief ohne Schwierigkeiten. Wir blieben erschöpft und ohne Kraft für andere Projekte zurück. Wie viele Wochen vergingen, bis wir uns erholt hatten. In unseren Körbchen ging uns oft die Puste aus«.

»Wir waren glücklich.« Ich hoffe, dass er seine Meinung ändert.

»Was ist, wenn der Tumor stärker ist als das, was Du von einem Ende erwartest? Gibt es ein erfülltes Hinübergleiten?«

Als er mich vor Zorro als Kranken herabwürdigt, wird mir klar, dass ich angezählt bin.

Ich lasse so viel zurück.

Wenn ich täglich daran erinnert werde, wo und wem ich fehle, fällt es mir noch schwer, alle Eventualitäten auszublenden.

»Teddy, Du bist krank, oder?«

Zorros Frage trifft mich wie ein Schlag ins Gesicht.

Ich bin jemand, der anpackt und beschützt.

Danke, Leben, dass ich mich plötzlich schwach fühle, als wäre ein kleiner, aber gesunder Chihuahua vor mir ein Goliath.

»Hört mir genau zu,« sage ich und stelle mich vor die beiden.

»Ich wünsche mir ›die letzte Mission‹; nein, ich brauche sie. Unbedingt. Das ist es, nach dem viele suchen, ein Geheimrezept. Darf ich das Gefühl für mich beanspruchen, wichtig zu sein? Ich möchte mir einreden, dass mich Menschen und Hunden brauchen, die mich nicht als krebskranken ›Tschüss-Sager‹ in Erinnerung behalten. Ich als ›T-Teddy‹ trete mit Stolz einem ›T-Tumor‹ entgegen«.

Zunächst schauen sie sich fragend an, bis ihre Blicke etwas in mir auslösen, was zu einem Höhenflug führt.

Als ›Westie voll Normalo‹ lege ich meine Pfoten auf die meiner Freunde.

Versprecht Ihr mir, meine Erkrankung nicht zum Thema zu machen, damit ich mich gesund fühle, um nicht ab- und zusammenzubrechen.

In seinem Bestreben, den ›Herz(z)ensschön‹ in den kommenden Wochen zu vergessen, versucht Gizmo, ein Bündnis mit Zorro und mir einzugehen und nach vorne zu blicken.

»Glaubt Ihr wirklich daran, dass es Euch gelingt, meine Krankheit von nun an nicht mehr zu erwähnen? Von hier ab sind wir drei gesund und räumen in der Gesellschaft auf«.

»Abweg oder Umweg, Be-WEG-end und trotz Gehweg ein Ausweg? Gegen wen arbeiten wir oder sind wir auf dem falschen Weg? Wann machen wir uns auf den Heimweg? Wird ein Fluchtweg notwendig sein? Benutzen wir eine als Privat-Weg ausgeschilderte Abkürzung? In Bewegung bleiben. Teddys Lebensweg«.

Was Zorro brabbelt, ergibt keinen Sinn.

»Geht es Dir nicht gut?«

»Bestens. Teddy hat sich verbal ausgekotzt, und ich habe zugehört, was mich nicht weiterbringt. Was meint Ihr mit ›Weg-Machern‹? Zerstören wir Wege oder ebnen wir festen Untergrund für andere?«

»AbWEGig ist das nicht«.

Es amüsiert mich, dass sich in meiner Antwort das Wort einschleicht.

»Das Hauptziel unserer vergangenen ›Missionen‹ war es, Menschen aus einem tiefen schwarzen Loch zu befreien und langsam ihre Ängste abzubauen«.

Wir erklären Zorro die Bedeutung des ›Tränensackes‹ und beruhigen ihn, dass dieser wahrscheinlich nicht bei jedem verwendet wird.

Gizmo und ich wissen, dass wir die meisten von denen, deren Augen heute strahlen, nicht wiedersehen werden.

Zorro möchte ein Bündnis eingehen.

»Als ›Eddy und Mo‹ habt Ihr Geschichten geschrieben. Auch ich hätte gern ein Pseudo-Kennzeichen, bei dem jeder sofort weiß, um wen es geht«.

Mo ist erleichtert, dass ich die Antwort übernehme, da Feinfühligkeit nicht zu seinen größten Stärken gehört und er vermeiden will, dass jemand ihm zu sehr aufs Fell rückt.

»Dein Name ist etwas Besonderes. ZORRO. Steht das nicht für Fuchs? Du gehörst zu denjenigen, die sich allen Lebensumständen problemlos anpassen können. Wir waren ›Eddy und Mo‹ …«

»… aber mit Dir,« der Lütte zeigt auf mich, »stirbt auch …«

»Stopp«

Wie ein Getroffener beende ich seine Aussage.

»Du hältst mir bitte nie wieder Selbstmitleid vor, weil Du der Meister darin bist. Ich lebe noch. Hier und neben Dir. Willst Du alles im Vorfeld sterben lassen, weil ich irgendwann die Seite wechsle? Gizmo, meine Güte, schau mich an!«

Sein Blick auf den Boden ist für mich ebenso unerträglich wie diese offenkundige Angst, dass ich bereits jetzt tot zusammenbrechen könnte.

»Verdammt noch mal, guck mich an«.

Die Schroffheit in meiner Stimme tut mir im selben Moment leid, weshalb ich einen Gang zurückschalte.

»Mein kleiner, süßer Dickkopf. Falls es Dir hilft, mich als den ›Weg-Geher‹ seit dem Verlassen der Tierklinik zu sehen, akzeptiere ich das. Aber gib mir nicht das Gefühl, dass ich Dich und unser Leben betrüge und Dich hintergehe«. Als ich ihm einen Kuss auf die Stirn geben möchte, stürze ich auf dem unebenen Weg.

»Na, schon tot?« Zorros Frage befreit uns, indem wir gemeinsam lachen.

»Meine Neugier ist geweckt und ich begleite Euch. ›Zoo-Mo‹ finde ich gut, da es eine enge Verbindung zu Gizmo hat. Als er auf Gizmo zusteuert, denke ich, dass er lebensmüde ist. Wie oft erträgt er noch, einen Korb zu bekommen?

Mein Freund zeigt plötzlich seine sanfte Seite, obwohl er einen körperlichen Abstand beibehält.

»Ohne Zweifel bist Du unser Mann, äh Hund, Zorro«.

Schilderwald

Wann bist Du das letzte Mal gemächlich durch die Stadt gebummelt und hast die Dinge, die Dich interessieren, bewusst wahrgenommen und auf Dich wirken lassen? An was konntest Du Dich am Abend noch erinnern?

Viele verlassen bei solchen Fragen die ›Emotions-Ebene‹, wofür es zahlreiche Gründe gibt, aber man sollte es sich nicht zu einfach machen.

Der eine besitzt Empathie, der andere hat sie – vielleicht grundlos – verfehlt.

Während dort einer, von dem ich es nicht gedacht hätte, Gefühle zeigt, bricht der andere hinter ihm unter der Last zusammen, sie nie herausgelassen zu haben.

Hey, wir sind, wir fühlen und wir bleiben; jeder für sich.

Wir haben einen Punkt erreicht, der mich wirklich traurig stimmt. Menschen schauen mich an, als sei ich aus einer längst vergangenen Zeit.

Prallten einst die Beschreibungen ›altes Kaliber‹ und ›in die Jahre gekommen‹ an mir ab, erschüttert es mich zunehmend, wenn ich an anderer Stelle höre, dass kleinen Hunden als Richtwerte viel mehr Jahre zur Verfügung stehen.

Warum nicht mir?

Bevor Du als Leser das Buch zuschlägst, wünsche ich mir, wenigstens von Dir verstanden zu werden.

Die rasante Zeit und die Veränderung des ›Gefühls-musters‹ tragen nicht zur Heilung bei.

Während der Nachbar drüben einen ›Tezzla‹ oder wie auch immer die ›E-Dinger‹ heißen, kauft, wird bei uns ein alter Verbrenner krampfhaft, aber mit Stolz abbezahlt.

Ab welchem Zeitpunkt wird eine Auseinander-setzung kritisch?

Gizmo und ich empfehlen jedem, seinen eigenen Weg zu finden und nicht mehr von ihm abzurücken.

Es klingt nach Hobby-Psychologie, sodass ich selbst gerne einen ›Wodka-Pudel‹ oder ›Whisky-Goldie‹ kippen möchte, aber auch nüchtern hat es Substanz.

»Teddy? Ist die letzte Gasrechnung bezahlt?«

Wie er mich taxiert, als meine Schultern zucken, was ich als Ungelenker dann beherrsche, wenn ich wütend werde. Im Keim erstickt. Ich weiß nicht, was er von mir will.

Wir schenken uns nichts und sind Meister im Hand- und Pfoten-Umdrehen.

»Eddy? Ich spreche von Glas, nicht von Gas. Unser Haushalt muss die Trennung von Müll berück-sichtigen, wie Millionen anderer auch. Da zählt Deine Krankheit mal rein gar nichts.«

Pfoten ausstrecken, die nicht an die Hausmauer reichen? Vergiss es.

Ich bin dabei, mittendrin und später daneben – an der Leine.

Wir sind zu spät.

Unsere Frauchen stehen Spalier vor einem Schild, das jedem vor Augen führt, dass nach zwanzig Uhr kein Altglas mehr eingeworfen werden darf.

Der Knicks lässt auf sich warten.

Holen Menschen den später ohne Publikum nach?

Mir wird erst jetzt klar, wie viele ›Es-ist-halt-so‹-Menschen sich von Schildern abhängig machen.

Rote, grüne, schwarze, in Drei-, Vier-, Achteckform, unter Garantie vergesse ich gerade weitere Ecken zu benennen.

»Ehrlich, Mo, wenn wir alles in unserem Leben zulassen, bleibt wenig Platz für Spaß. Erinnerst Du Dich an ›Gleis Drei‹ am Bahnhof, an dem Du nicht nur gesagt, sondern fast gepredigt hast, dass jedes Leben Sinn macht, solange es nicht vorgegeben, sondern aus eigener Hand und Pfote gestaltet wird?«

»Gleis frei?«, unterbricht er mich, und lässt keinen Zweifel daran, dass er an meinen Plänen interessiert ist.

Könnte er mich doch einmal ausreden lassen.

›Gleis Drei‹, Gizmo, denke ich.

Dieses Schild und einige, an denen wir vorbeigegangen sind, üben eine große Faszination auf mich aus, ohne dass ich mir Zwangsketten anlegen lasse.

»Ich habe eher darüber nachgedacht, was Du mir auf ›Gleis Drei‹ ins Ohr geflüstert hast,« überrascht mich mein Freund.

»Erinnerst Du Dich daran? Es hat mich viele Wochen um meinen Schlaf gebracht«.

Traurig schmiege ich mich an die Herzseite meines Kumpels.

Es bewegt sich viel in mir, aber ich kann mich nicht wirklich an einzelne Worte erinnern.

Ab hier greift die Staatsgewalt, damit es nicht knallt im undurchsichtigen Schilderwald

»Machst Du den ersten Schritt, ›Maestro Gizmo‹? Nimm Zorro und mich auf (D)eine Schilder-Reise mit, aber sei darauf vorbereitet, dass nicht jeder Deine Meinung teilt«.

Dreißig

Ich beginne mit einem Schild, das von den meisten entmachtet wird, während es mir und meinen Artgenossen Ruhe verschafft. Wozu benötigen Menschen Signale in intensiven Farben?

Ein tiefes Rot, das beim ersten Anblick Angst verbreitet. Gibt es sie wirklich, diejenigen, die mit dreißig schon eine weitreichende Erleuchtung haben?

Ich bemühe mich ernsthaft, mit dem, was mir mental zur Verfügung steht, zu assoziieren und zu kooperieren.

Dreizehn Jahre Lebenserfahrung.

Und ich starte bei null?

Jede noch so kleine Idee läuft ins Leere.

Zunächst nehme ich an, dass Menschen und Tiere, die nicht größer als dreißig Zentimeter sind, diese Straßen benutzen dürfen, bis ich Fahrzeuge sehe, die viel höher sind. Mit vier Reifen anstelle von dreißig.

Meine Ratio ist erschöpft.

Unzählige Male sind wir durch verschiedene Wohngebiete gerannt, haben uns vor den Häusern mit der Nummer dreißig aufgehalten und uns gefragt, ob es erlaubt ist, die Bewohner zu besuchen.

Es ist möglich, dass sie etwas falsch gemacht haben und das Warnschild nun vor größerer Gefahr schützt.

Oder werden Wege gekennzeichnet, die ›2030‹ entfernt werden, ähnlich wie im Forstwald, wenn die Bäume verschiedene Farbpunkte tragen? Meine beiden Freunde vertreten ihre ureigene Theorie, Rüden müssten alle dreißig Meter ihr Revier markieren.

Ab diesem Punkt bin ich raus, und ich werde es nicht so weit kommen lassen, dass ich offizielle Bescheinigungen benötige.

Noch entscheidet der ›Sir Teddy‹ autonom und in vollem Bewusstsein über alle seine Bedürfnisse.

»Kampfansage an alle, die die Schilder falsch deuten.

Ich begründe mein Leben auf der Hoffnung, dass sich Rätsel lösen lassen. Atmet ruhig durch, übt Euch in Gelassenheit und sortiert die Pampe im Kopf. Jetzt wird mir etwas klar. Hier darf niemand durchlaufen oder durchfahren, der älter als dreißig ist. Da guckt Ihr, was? Wer bleibt ›der Beste‹? ›Ich, ich, ich‹.«

Ich habe das Bild immer verstanden und am Sinn nie gezweifelt. Der Schlüssel zu meiner Seele, die nach Frieden verlangt.

»Dann ist wohl ein Strafgeld fällig.«

Noch weiß ich nicht, von wem Gizmo spricht.

Er und Zorro lachen und zeigen auf einen älteren Mann, der sich auf einen Rollator abstützt.

»Verraten Sie uns, ob Ihnen schon einmal von der Polizei ein Bußgeld auferlegt wurde?«

Ausgerechnet der ›sich-dauernd-drückende‹ Gizmo ergreift das Wort.

Der Senior blickt zu ihm herab.

»Bußgeld? Herrje. Ich lebe in ganz einfachen Verhältnissen und sehr zurückgezogen. Mein Leben lang bin ich mit dem Gesetz nie in Konflikt geraten.«

»Na, immer entwischt, was? Dann haben Sie verdammt viel Glück gehabt, denn ich schätze Sie älter als das Erlaubte, was auf dem Schild steht«.

»Sag mal, kleiner ›Straßenquerkreuzer‹, was willst Du von mir? Das Büdchen schließt gleich. Ich wäre Dir verbunden, wenn Du mir aus dem Weg gehst«.

Als er seinen Weg fortsetzt, springt Zorro ihm vor die Füße und zeigt auf das Schild.

»Aber nicht durch diese Straße, guter Herr. Hier sind Spaziergänger über dreißig nicht erlaubt«.

Das Lachen des Mannes ähnelt meinem, wenn Gizmo etwas behauptet, von dem ich weiß, dass es nicht stimmt, aber er dafür die passende Erklärung liefert«.

»Meint Ihr den 30sten Tag des Monats?«

»Nein, es gibt kein Zeichen vor einer Zahl«.

»Weil der Platz nicht vorhanden war. Alle wissen, dass es sich um diesen handelt«.

Die Verwirrung ist perfekt.

»Worum geht es in diesem Paragrafen?«

»Ich kenne ihn. Laut §30 StGB sind in Deutschland zweibeinige Beteiligte grundsätzlich in Zwangshaft zu nehmen. Sie vermeiden eine Strafe, wenn ein anwesender Hund« (er schaut in meine Richtung) »die Konfliktberatungsstelle ersetzt«.

Der Mann tut alles, was er kann, um den Spleen meines Seelenbruders zu fördern.

Ich versuche, mich an alle Beine zu kuscheln, die ich erwische, um den Schaden zu begrenzen.

»Es handelt sich um ein Missverständnis, das wir klären, oder? Wir danken Ihnen, dass uns nun die Bedeutung bekannt ist.

Ich bin zum Sterben verurteilt und möchte vor meinem Tod die Welt, die Menschen und sogar meine eigenen Artgenossen richtig verstehen. Es ist bedauerlich, dass das Schild nicht an jeder Straße zu finden ist«.

Selig und glücklich verabschieden wir uns von diesem netten Mann, um uns dem nächsten Schild mit Bedacht zu widmen, um nicht erneut zu scheitern.

›Gewagt‹

»Eddy? Das ist nicht jugendfrei!«

Mein kleiner Shih Tzu entwickelt sich langsam zu einer Belastung.

»Ist es Deinen Augen möglich, nicht nur schön auszusehen, sondern können sie auch eine Funktion übernehmen? Das Schild findest Du an vielen Standorten, Mo. Sag mir jetzt nicht, dass Du ausschließlich Beine mit dem Emblem assoziierst?«

»Doch, und zwar geöffnete, eindeutig. Was sonst? Schau hin. Ich bin erleichtert, dass die Person eine schwarze Hose trägt. Doch wofür soll ein Zweibeiner im Straßenverkehr die Beine breit machen?«

»Ich sehe darin ein Reagenzglas mit einer widerlichen, schwarzen Substanz. Nicht nur das Welt-Klima ist zerstört«.

»Das Schild steht drüben, an der Hauptstraße. Lebt dort nicht die Frau unseres Bürgermeisters? Die hat es faustdick hinter den Ohren. Die Zeitungen waren voll davon und präsentierten die Story auf eine Art und Weise, die Trash-TV gerecht wird. Meinst Du, dass sie frustriert ist und sich anbietet?«

»Mensch, Mo, dieses Zeichen verlangt förmlich nach Aufmerksamkeit. Eine Frau von Welt hält Verehrer eher auf Distanz!«

»Um authentisch zu bleiben, muss sie ihre Gliedmaßen schließen«.

»Vielleicht ist sie willig, aber mit Einschränkungen?«

»Ich werde klingeln und sie direkt fragen, ich bin nicht so für ›hinter dem Rücken‹.«

Seine Fluchtgeschwindigkeit bringt mich in Aufruhr.

Mein: ›Bist Du verrückt?‹, unbeachtet lassend, steht er fünf Minuten später vor einer Frau, die einen Zauber auf ihn ausübt.

»Was willst Du, kleiner Hund?« höre ich aus der Ferne.

»Dich ansehen. Wow mit einem Wau-Wau. Was muss ich tun, damit Du die Beine zusammenhältst, bis der Mensch in Dein Leben tritt, der es verdient, mehr oder alles von Dir zu sehen?«

Das hat er nicht wirklich gesagt.

»Dieser sitzt auf meiner Wohnzimmercouch, gönnt sich ein Feierabendbier und möchte nicht weiter gestört werden. Geht es Dir nicht gut?«

Gizmo deutet mit seinen Pfoten auf das Schild, das für Verwirrung sorgt.

»Das musst Du entfernen lassen. Jeder glaubt, dass Du offen bist!«

»Offen?«

Selten hat jemand so unermüdlich und herzhaft gelacht.

»Warte kurz. Die Bedeutung von Verkehrszeichen ist Dir fremd, oder?«

»Verkehrsaufkommen? Bitte keine Einzelheiten. Steht das Rot für ›belegt‹ und nicht mehr verfügbar?«

»Wenn Du es so interpretieren willst, passt das«.

»Übernimmst Du die Verantwortung dafür, dass die Beine auf den Schildern zugehen? Die Gemeinde kann Fehler übermalen, bevor Kosten geltend gemacht werden, die dem Haushalt schaden. Ich bin ein moderner Shih«.

»Ich verspreche es Dir, aber nur für unsere Siedlung. Das Schild ist allgegenwärtig, und jedes Exemplar hat für Dich eine andere Bedeutung. Du bist neugierig, Du willst verändern und noch wachsen und das feiere ich. Du hast Mut, wirklich zu leben«.

Ich eile zu Eddy, gebe ihm einen High-Five und versuche mich an einer wirklich kleinen Unwahrheit.

»Es gefällt ihr, dass ich in dieser fast kaputten Welt einiges in Richtung Heilung verändern werde. Ich unterstütze Parteien und entdecke Lösungen für Fragen, die bislang ungeklärt waren. Sie ist toll und bezüglich meiner Ideen ganz bei mir. Eine Frau im mittleren Alter, die einen Swingerclub als zweites Standbein nicht ausschließt.

Die Farbe Rot soll Menschen abschrecken, die Ein- oder Zweisamkeit wertschätzen.

Auf ihrem imaginären Schild sind acht Paar Beine zu sehen. Freue Dich darüber, dass Du nicht auf ihre Erklärung eingehen musstest. Das Rot auf dem Schild war im Vergleich zu meinem Gesicht ein blasses Rosa«.

Warum nehme ich ihm das alles nicht ab?

Keine Maschine

Ich würde vieles dafür geben, nicht an diesem Punkt zu stehen, der mir zeigt, wie viel von meinem ›alten ICH‹ bereits verloren ist.

»Wenn Ihr Euch weiter durch Schilder quält, um ein Highlight zu erleben, nur zu,« höre ich mich wie einen Feldwebel reden und erkenne mich kaum wieder. Wann habe ich das letzte Mal geweint?

Ich möchte einfach drauflosheulen.

Jetzt. Bitte.

Verdammt nochmal, keiner will erleben, was für eine Lawine losgetreten wird, sobald der Krieger ausrastet.

Nichts passiert.

Zu alter Stärke finde ich nicht zurück.

Spielte ich gelegentlich den großen Macher, der über Dinge gelacht hat, anstatt die Augen vor der Realität zu verschließen, bin ich jetzt bitte nicht der, der einknickt.

Abenteuerlust ging vor Langeweile, Kampfgeist vor Rute-Einziehen; das zeichnete mich doch bisher immer aus.

»Meinetwegen«.

Verliert Gizmo das Vertrauen in mich, oder was will er mir mit einem einzigen Wort sagen?

Die Rätsel-Schnitzeljagt nimmt Fahrt auf.

»Du bist nicht bei der Sache, Teddy. Funktionieren statt resignieren war gestern«.

In dem Moment, in dem er Zorro zum Gehen nach Hause auffordert, fühle ich mich zwanglos und befreit. Endlich gelingt es mir den beiden mitzuteilen, dass es keine neue ›Weihnachtsmission‹ geben wird, weil meine Kraft immer mehr schwindet.

Wenn mich jemand trösten will, ist es mir mitunter zu nahm.

Mit schwarzem Humor als Begleiter sind wir die besten ›Weg-Bereiter‹.

Hammerhart

»Könnt Ihr ›Westie-Retter‹ mal kurz in meine Richtung sehen? Schaut Euch den Hammer an. Hier wird jeder unterstützt, also auch ich. Ich verlasse mich auf Euch, um das Werkzeug zu finden«.

»Was willst Du damit erreichen?«

Zorros fragender Blick weicht dem genervten von Gizmo.

»Wetten, dass Teddy alles absichtlich steuert? Er nimmt uns hoch, bis wir die Lust am Spielen verlieren.«

Damit ruft mich Gizmo bei Fuß oder auf den Plan.

»Pass auf, kleiner Klugscheißer. Es ist schon lange kein Spiel mehr. Das Schild passt zu dem hässlichen Geschwür in mir.«

Selbst wenn meine Energie auf ›Akku-Aufladen‹ stehengeblieben sein sollte, zeige ich voller Enthusiasmus auf den Hammer.

»Ein Werkzeug?«

Gizmo legt seine Pfote auf meinen Rücken.

»Heilung? Fehlanzeige. Schmerzfreiheit? In manchen Momenten. Hoffnung? Ja, vielleicht. Ich verkörpere das ›Prinzip Nach-vorne-Blicken‹ in vollem Umfang, aber dieses ›Hunde-Hämmer-Ding‹ ist etwas, das ich noch nicht wirklich verstehe. Wartet auf Dich eine Rehabilitation, die ein Stück weit die Lebensqualität rettet, die Du gewohnt bist?

Für den Anfang würde es Dir und mir reichen. Was nur können wir tun für Dich?«

Ich bin einfach nicht der Typ, der um Hilfe bittet, wenn ich auch still danach schreie, weil ich mich verliere und mich außerstande sehe, etwas in Gang zu setzen, was mich aus der Dunkelheit befreit.

»Sag endlich, was wir tun können, damit es Dir besser geht.«

Auch Zorro will helfen, und ich bin dankbar für jedes aufbauende Wort.

»Teddy handelt mit an Sicherheit grenzender Wahrscheinlichkeit in vollem Bewusstsein, auch mental. Er befindet sich in einem noch nie dagewesenen Tief, und er nimmt uns ernst, ohne dass wir die Freude am Spiel verlieren. Da bin ich sofort dabei. Jemand wie ich, der die Neugier liebt, lässt sich nicht zweimal bitten.«

Trotz aller Tragik siegt der kleine Schalk in Gizmo und mir.

Mein Blick durchdringt alles, einschließlich ›Pipapo-Mo‹.

»Merke es Dir für die Zukunft, Kleiner. Das Leben hat mir nichts geschenkt. Irgendwann habe ich den Punkt erreicht, an dem ich mich ausruhen wollte. Nicht anders geht es den Menschen. Jeder schafft, schuftet, geht über seine Grenzen und dann erreicht man dieses Gefühl ›Jetzt bin ich mal dran‹.

Oft musste ich kämpfen, wenn das Schicksal meinte, brutal zuschlagen zu müssen, immer und immer wieder. Mein Schmerz, meine Angst und meine Unruhe haben mich durch alle Zeiten begleitet. Bis Du, alberner und doch sehr ernstzunehmender Shih Tzu, mein Leben bereichert hast. Ich wünsche mir, dass Du jeden Abend an meiner Seite liegst und flehe das Universum an, mir weitere Jahre in meiner Familie zu schenken; doch dem stand ein Besuch in der Tierklinik entgegen, bei dem mir alles genommen wurde. Himmel, Herrgott, Buddha, sagt nicht, dass ihr das immer noch als Spiel seht? Viele Schilder passen nicht zu dem hässlichen Geschwür in mir.

Im Übrigen werde ich nur noch Symbole kommentieren, die mir helfen, den Krebs ›wegzu-denken‹. Ein Hammer. Versteht Ihr mich nicht?«

Gizmo springt auf mich zu.

»Doch. Was in Deinem Körper wütet, zerschlägt nicht nur Dich. Was erwartest Du von mir, Teddy? Soll ich einen Haken dahinter machen, wenn Du gehst? Gib mir bitte Raum und Zeit, mich darauf einzustellen, dass mein Leben ein völlig anderes sein wird«, schreit mich mein Kumpel verzweifelt an. »Danach,« fügt er hinzu und weint.

»Diese Diagnose, weißer Krieger,« Zorro übernimmt das Wort und legt mir eine Pfote auf den Rücken, »tut verdammt weh und macht Angst vor dem, was passiert. Wir bleiben bei Dir, wenn Du auch sagst, dass die Engel auf Dich warten.«

Otter

»Siehst du mich in jeder Hinsicht als Legastheniker?« schreit mein Freund, weil ihn meine Stimmungsschwankungen verletzen.

Ist es erlaubt, zu lügen, wenn man an einer schweren Krankheit leidet? Dann lasse ich alles an mir abprallen, was nicht gut für mich ist.

Sicher, es hört sich kalt und herzlos an, aber es beruhigt mich, wenn niemand mehr Erwartungen an mich stellt.

»Krieg Dein eigenes Leben auf die Reihe, Mo, und mache Dich unabhängig von mir und anderen«.

Gizmo sieht mich mit funkelnden Augen an.

»Warten die Engel auf Dich?«

Sein fragender Blick sticht mir mitten ins Herz und er fährt erbarmungslos fort.

»Weißt Du, was das mit mir macht? Nach nur einem Besuch in der Tierklinik spielt meine Seele in Deinem Leben plötzlich keine Rolle mehr. Wir sind ein Team, Teddy, Du erinnerst Dich? Ab welchem Punkt hat es aufgehört, Dich zu berühren? Du bist noch tiefer gefallen, als ich befürchtet habe«.

Es kommt für mich nicht überraschend, dass Gizmo in mir einen ›Gefallenen‹ sieht.

Gibt es irgendetwas, das ihm helfen könnte, mich leichter loszulassen?

Er ist derjenige, der weitermachen und bleiben muss.

Ich nehme nicht die Rolle eines Wohltäters ein, sondern wünsche mir, dass himmlische Mächte mich aus dem Regenbogenland verbannen, weil sie mit mir nicht klarkommen und ich zu meinem Kleinen zurückkehren kann.

Ein einziges Mal werde ich das fiese Szenario mitmachen.

Gizmo brüllt mir ins Gesicht: »Pfoten-Teufel‹, ›Westie-hassender Satan‹ und ›Krebskumpel Dämon‹; alle Drei entscheiden über Leben und Tod meiner Lebensliebe. Ist es das, was Du hören willst?«

In Demut räume ich den oberflächlichen Dingen Platz ein, bis Zorro zu mir kommt und mich mit einem besonderen Gefühl ansteckt.

Gizmo hat es gefunden, auch wenn es nicht den glorreichen Engel zeigt, dieses Übertriebene, nach dem alle suchen, um ihren Gefühlen zu entkommen.

Eine Farce, vieles gibt es einfach nicht.

Wie oft muss man im Laufe seines Lebens aufwachen?

Wurde mir jemals deutlicher vor Augen geführt, dass ich in emotionalen Angelegenheiten immer über-reagiere?

Mein Freund verfolgt lediglich ein Schild mit dem Bild eines Otters; nicht mehr und nicht weniger.

Ich möchte die Schwäche, diese unkontrollierbare Reizbarkeit, die mir bis zu dem Ausbruch meiner Erkrankung völlig fremd war, überwinden.

Wie sehr vermisse ich die Eigenschaft, die ich an meinem Kumpel liebe und die ich bei mir gerade nicht finde, andere zum Lachen bringen zu können.

Ich blicke auf einen erfüllten Weg an seiner Seite zurück. Jetzt bin ausgerechnet ich es, der ihn ins Bodenlose drückt.

»Guckst Du?« rufe ich Gizmo entgegen.

Wenn ich die Situation jetzt rette, bin ich vielleicht noch einmal sein Held.

Mit viel Schwung wirbele ich mich um meine eigene Achse, bis ich das Gleichgewicht verliere.

›Krabumms‹.

Selten habe ich so viel Dreck gefressen, und es wird mir bewusst, dass Zorro und Gizmo geahnt haben, an welchem Punkt ich versage.

Der Rap, den sie mir in perfekter Synchronisation präsentieren, ist alles andere als lange erprobt.

Ich verleihe gern den Titel ›Meister des Improvisierens‹.

Wann habe ich meinen kleinen Dickschädel das letzte Mal lachen sehen? Ob es die Musik ist oder Zorro eine Rolle spielt – egal. Ich will, dass er endlich wieder Freude verspürt. Weder er noch ich sind Helden oder Verlierer. Das Leben führt Regie.

Nach mir gibt es noch ein Leben für Mo. Wenn er sich selbst gegenüber ehrlich bleibt, liegt ihm die Welt zu Füßen.

»Hey Alter«

Gizmo tanzt auf mich zu.

»Du hast den Otter nicht gesehen, doch versuchst ihn zu verstehen. Auch mir fällt jede Veränderung schwer, und nicht nur Deine Augen wirken leer.

In absehbarer Zeit stehe ich alleine da, fülle mein Zuhause ohne Dich. Jetzt bin ich Dir noch nah, verlasse Dich auf mich«.

Er zeigt mir nach meinem misslungenen Versuch, wie ein Tanz auszusehen hat, der eine glorreiche Bewertung verdient.

»Ja, Zorro. Dein Einsatz, come on, komm schon«.

Gizmo bittet unseren Freund mit einladender Geste auf eine imaginäre Bühne.

»Text vergessen,« selbst wenn mein Bruder das nur murmelt, freue ich mich über die fehlende Perfektion, die meine Ehre rettet.

Bis Zorro sich fängt und einen draufsetzt.

»Ey, Boys, Otter hier, Otter da, chillt nicht im gequirlten Wirrwarr. Schwarz steht für den Tod, der Teddy bald droht. Wolltest Du Mitleid? F*** ich erinnere mich nicht. Wir haben akzeptiert, was Dich paralysiert. Bekämpfe Dein Karzinom, aber nie uns, wir sind und bleiben Deine Jungs«.

Ich bin beeindruckt und habe eine wichtige Lektion gelernt.

Abwechselnd schwingen meine Pfoten hin und her, als ob mir Ohrfeigen beim Aufwachen helfen würden.

»Ihr seid meine Jungs. Wir lassen das Ghetto hinter uns. Mache ich es Euch noch mal schwer, übt Euch in Gegenwehr.

Seht Ihr mich aus dem ›Schilder-Moor‹ winken, zwinkert und lasst mich sinken«.

Endlich kann ich lachen, ohne dass ich etwas anderes im Kopf habe.

Ich freue mich sogar ein wenig auf das nächste Schild.

Bis es weh tut

»Weiß unser ›menschliches häusliches Überwachungssystem‹, was wir machen?«

Nichts hätte mich mehr befreien können als dieser Atemzug; besser hätte Gizmo nicht in meine Gedanken schauen können.

Er, der schon seit geraumer Zeit einen Plan schmiedet. Echt jetzt?

Das Bild, das im Blick genommen wurde, entspricht keinem Original.

Lebewesen werden zwanzigfünfundzwanzig ›nicht mehr‹ zum Köpfen freigegeben.

Äußerungen von ›Mama Perfekt‹, in denen sie die Todesstrafe für Menschen wünscht, die Hunde hassen, Köder auslegen und sich am qualvollen Sterben erfreuen, sind mir in Erinnerung geblieben.

Aber geht das nicht an unserer ›Mission‹ vorbei?

Ich bin derjenige, der ein Verständnis für seine Erkrankung entwickeln muss.

»Helft mir,« schreie ich beide an.

»Denkt Ihr, mein Tumor ist künstlich erzeugt?«

Zorros Schulterzucken und der fragende Blick von Gizmo bringen mich kein Stück weiter.

»Fragen wir ihn da drüben,« zeige ich auf einen jungen Typen, der geradewegs auf das Schild zusteuert.

Dass Gizmo der Erste ist, der für etwas brennt und losrennt, ist für mich nicht ungewöhnlich, wohl aber seine Taktik und die gewählten Worte.

Dort nimmt er bereits etwas in die Pfötchen.

Wie versinke ich im Erdboden?

Zorro hat sich hinter einem parkenden Auto versteckt, mich zu sich gezogen, und gemeinsam lauschen wird dem anfänglich einseitigen Gespräch.

»Ja, schaue Dir das da oben genau an. Länger, hey. Das erwartet Dich, Du Lump. Wie viele hast Du auf dem Gewissen? Gilt Dein Hass großen oder auch kleinen Hunden? Ja, schweige ruhig. Teddy und ich haben Benji, einen Kumpel, verloren durch Hände, die andere ›ausgeschaltet‹ haben wie Deine. Wenn Du tötest, obwohl Du das elendige Verenden im Endstadium nicht einmal mitbekommst – was befriedigt Dich daran?«

»Bist Du im Rausch, kleiner ›Flummi-Flitzer‹? Jemand hat sich mit dem Schild einen üblen Scherz erlaubt«.

Gizmo hält den Mann davon ab, seinen Weg fortzusetzen, indem er ihn anspringt.

»Denkst Du, ich lasse Dich gehen, Du ›Bums-Fehler Deiner Eltern‹?«

Zorro und ich schauen dem Geschehen zu.

Nicht zu wissen, in welche Richtung es geht und ob es eskaliert, beunruhigt uns im Hinterhalt.

Es ist anzunehmen, dass wir uns in eine ›Rettungs-mission‹ verstricken.

Wie viel Provokation lässt sich jemand gefallen?

Mit zitternden Knien schleichen wir aus unserem Versteck und sind überrascht von dem ›ungleichen Paar‹ auf dem Boden.

Gizmo, der auf dem Schoß des geduldigen Typen sitzt, weint unaufhörlich.

»Weißt Du, wie schwer es ist, dankbar zu sein, dass ER, mein bester Freund, jeden Tag nach Bekanntwerden seiner Diagnose wieder aufwacht? Am Abend gehe ich schlafen und habe Angst davor, ihn nicht wiederzusehen. Immer hat er mich beschützt, was keine leichte Aufgabe ist bei meiner grenzenlosen Schreckhaftigkeit. Erwartet das Schicksal, dass ich eine Rolle übernehme, die viel zu groß für mich ist?

Ich garantiere nicht, dass ich stark bleibe, wenn ich es nicht einmal jetzt schaffe, während mein Herzensbruder noch bei mir ist«.

Ich habe Tränen im Gesicht.

Erst jetzt begreife ich, wie schwierig das sein muss für meinen kleinen, verrückten Kumpel.

Die Tatsache, dass Gizmo einem Fremden erlaubt, ihn tröstend in den Bereichen Brust und Nacken zu streicheln, ist bedeutender, als Worte beschreiben können.

Der Mann berührt Gizmo immer wieder an der einen Stelle, die auch ich liebe, weil er dort besonders empfindsam ist.

»Deinem Freund geht es wie Dir. Fangt wieder – trotz Diagnose – an zu leben. Gemeinsam. Und genießt jeden Moment. Wie alt ist er?«

»Es geht nicht um sein Alter. Hast Du mir nicht zugehört? Er ist sterbenskrank. Von heute auf morgen. Keiner wird ihm helfen. Wofür gibt es diese ›Weißkittel‹, zu denen man uns schleppt, sobald sich Tiere an einer falschen Stelle verschlucken? Sieh Dich an, Du bist ein Hüne, und das Leben hat Dich tausendfach geküsst. Wieso nicht uns, die bedürftigen, kleinen Lebewesen? Dein Grinsen wird Dir vergehen, Du Lackaffe«.

Gizmo war auf einem guten Weg, bis er wieder austickt, was nicht zu einem Shih Tzu passt.

Wir machen viel im Stillen aus. Trotz alledem bietet das Schild für alle eine Vorlage.

»Ich bin nicht für Dein oder sein Schicksal verantwortlich, und Du kannst mich nicht dafür verurteilen, weil Ihr mir völlig fremd seid. Verdammt, ich bin ein Außenstehender, der vermeintlich zur falschen Zeit am falschen Ort war«.

Es reicht.

Ich breche mein Schweigen, weil mir der Mann extrem leidtut.

»Es gibt hier einen hoffnungslosen Fall, der das Leben seiner Familie wie ein Kartenhaus zum Einsturz bringt – und wenn sich jemand entschuldigen muss, dann ich. Manches Mal möchte ich am liebsten schreien: Leute, merkt ihr nicht, dass hier ein Kranker um sich schlägt, weil ihm nichts bleibt? Ich habe keinen Plan, und die Bedeutung des Begriffs Hoffnung ist mir nicht mehr geläufig. Dem ›Wir lieben Dich bis zum letzten Atemzug‹ schenke ich Glauben. Ich bin und bleibe jedoch Teddy. Wer mich nicht mehr ertragen kann, weil ich an Stärke verliere, dem war ich zuvor, in meinem gesunden Zustand, nicht wirklich wichtig«.

Die Körperhaltung des Typen, der eben noch mit Gizmo geschmust hat, macht mir Angst.

Ich fürchte, seine Antwort wird mir nicht gefallen.

»Wenn Du den Kleinen hier als Dein Eigentum betrachtest und nicht bemerkst, was ihm fehlt und wie er um Antworten kämpft, mach kein Fass auf. Auf mich wirkst Du nicht sterbenskrank. Was fehlt Dir genau? Leidest Du an einem Aufmerksamkeitsdefizit, wie viele Menschen der neumodernen Zeit? Kannst Du etwas mit dem Wort Hypochondrie anfangen?«

Es ist genug.

»Muss das Geschwür zum Mund herauswachsen, damit nicht nachgefragt wird, als würde ich Symptome erfinden? Da ich mein Leben liebe, musste ich nie ein Gefühl vortäuschen. Das, was mir in Raten entzogen wird«.

Was für ein toller Mann.

Er schluckt vielleicht die Worte herunter, die er mir gern um die Ohren hauen würde, atmet ruhig durch und lächelt mich an.

Mich!

»Ich mache Dir keine Vorwürfe, im Gegenteil. Ich verstehe Dich und mag Dich genau aus diesem Grund. Aber dieses ›Zack‹ und ›Sofort‹ überfordert. Schenkt mir einen winzigen Augenblick der Ruhe, damit sich alles für mich schlüssig zusammenfügen lässt. Ihr crasht mein Date, schreit mich an, verletzt mich und schickt mich zum Henker, den Ihr in Bildern zu sehen glaubt, und stützt Euch auf Zeichen, die Euch wichtig sind. Zeichen sind imaginär. Ich glaube an Übersinnliches, an etwas, was man nicht sieht, aber ich würde nie Außenstehende ›angreifen‹. Ich nehme mir Zeit, höre zu, und es tut mir verdammt leid, dass Euer Jahr voraussichtlich traurig endet. Darf ich, obwohl ich gesund bin, darum bitten, nicht als schlechter Mensch gesehen zu werden?«

Sein Blick strahlt eine unendliche Wärme aus, und es ist höchste Zeit für eine ehrliche Entschuldigung.

Ich gehöre weder zu denen, die den Kopf einziehen, noch zu jenen, die kritisch reflektieren.

Ich beginne, über mich nachzudenken.

Am liebsten meide ich die Öffentlichkeit.

Nichts weitertragen und alles mit sich selbst ausmachen, das klingt nach ›Teddy-Extreme‹, sagen Außenstehende, während ich mein Schlafkörbchen zerlege vor Angst. Was, wenn sich Frust anstaut und ich nicht mehr verstehe, was um mich herum passiert?

Diese Hilflosigkeit, die ich erlebe, macht mich klein. Sehr klein. Es fing alles ganz harmlos an. Jeder kennt quälende Zahnschmerzen. Meine liebsten Kausnacks, dick ummantelte Hühnerstangen, sind vom Genuss zu einer qualvollen Herausforderung geworden. Viel zu schnell kam ein gemeiner Schmerz hinzu, den ich als Feind empfinde, und der vom Hirn gesteuert sein muss. Sind die Menschen, die ich liebe, noch bei mir oder machen sie mich zum Außenseiter? Das Areal der Zerstörung breitet sich aus.

Trotz meiner Professionalität im Überspielen bemerken meine Frauchen täglich Veränderungen an und in mir, für die ich längst blind und taub geworden bin. Es fiel mir leicht, mich zu ducken, während ich gestreichelt oder mit Geschirr überzogen wurde; alles andere ertrug ich nur unter Schmerzen. Ich hätte nie gedacht, dass Gizmo zu diesem Zeitpunkt bereits wahrgenommen haben muss, dass mit mir etwas nicht stimmt. Es waren doch ›nur‹ furchtbare Zahn-schmerzen.

Ich wurde operiert und erinnerte nach dem Aufwachen einige Bruchstücke von dem Gespräch des Tierarztes mit unserer ›Mamas‹.

›Vereitert‹, ›Zahnextraktionen‹, ›Gewebe entfernt‹ und ›eingeschickt‹.

Bis diese Wortfragmente zwei Wochen später einen traurigen Sinn ergaben.

Ein Röntgenbild und ein Screenshot belegten einen bösartigen Tumor im Mundbereich.

Warum kann man diesem fiesen Ding keinen unspektakulären Namen geben?

Irgendwas, das zu den Fellkandidaten passt. Teddys-Trauma-Tumor, also ein ›TTT‹, was bei großen Firmen vermarktet wird. Tumor der Zukunft, ›TdZ‹ = Teddy der Zukunft.

Ich habe also zwischen den wenig verbliebenen Zähnen ein im medizinischen Fachjargon bezeichnetes und für mich extrem uncooles Plattenepithelkarzinom.

Ich bleibe der ›weiße Krieger‹ und werde rechtliche Schritte gegen diejenigen einleiten, die ihre ärztliche Schweigepflicht verletzen. Politiker lassen sich auch nicht in die Karten gucken, erst recht nicht in die Knie zwingen, aber die Untertan(t)en müssen abwägen, was festgeschrieben wird.

Nach einem ausführlichen Gespräch war schnell klar, dass die palliative Begleitung für meine ›Mamas‹ die einzige Möglichkeit sei, mir ein wenig zu helfen.

Ich habe lange geweint, wurde mir doch schlagartig bewusst, dass ich sterbe.

Meine Jungs und der Typ, der eine unglaubliche Geduld hat, sehen mich an, als hätten sie meine Gedanken in den letzten Minuten mitgelesen.

»Ja, ich werde sterben, aber nicht sofort durch zwei Spritzen«.

»Ich muss ihn auf Raten gehen lassen,« unterbricht mich Gizmo. »Das ist noch viel schlimmer«.

»Ich lege fest, in welcher Reihenfolge wir das gemeinsam durchstehen. Ich führe meinen schwersten Kampf, das leugne ich nicht, aber Du schenkst mir die Kraft, mein Seelenbruder. Gizmo? Ich werde es Dir so leicht wie möglich machen«.

Ich wische meinem Freund die Tränen weg.

»Wenn Ihr mich nicht gerade ignoriert, dann sprecht Ihr hier mit Phillip. Ich verfüge über einen Meisterbrief im ›Gefühle verstecken‹. Alles andere macht angreifbar«.

Der junge Mann, den ich fast vergessen habe, hat das führende Wort mehr als verdient.

»Bis die Diagnose Bauchspeicheldrüsenkrebs alle gemeinsamen Pläne durchkreuzte, schlug mein Herz für meine Hündin. Sie war einzigartig für mich, aber nie würde ich mir anmaßen zu sagen, dass ich Euren Schmerz kenne. Jeder Schmerz hat was ganz Eigenes. Teddy? Du nimmst Abschied, offen, gesund und ehrlich. Und alle, die Dich lieben, tragen das mit. Chapeau. Deine Abschiedstour beeindruckt mich. Um die verschiedenen Seiten zu verstehen, fehlte es mir an Verständnis meines Umfeldes und der nötigen Zeit, da ich beruflich funktionieren musste. Eine Frage hat mich nie losgelassen. War meine kleine ›Körbchen-

Prinzessin‹ glücklich? Hätte sie gern einen Weggefährten gehabt? Ihr habt Euch einem anderen anvertraut und alle Emotionen geteilt, sie war allein. Fehlte ein Motivator, also ein kleines Highlight an jedem Abend vor dem Schlafengehen? Bevor ich gesteinigt werde, will ich ehrlich sein: Es ist mir gleichgültig, ob das Bild da oben geändert wird. Aber ich werde Euch nie vergessen. Bleib tapfer, ›Krieger in Weiß‹. Es tut mir leid, aber ich muss noch einmal lachen, obwohl ich allerhöchsten Respekt habe. Deinetwegen, Du egozentrischer kleiner Shih Tzu, bleib immer Du.

Stirnauswuchs?

Die letzte Begegnung hinterlässt tiefe Spuren. Was für ein toller Mensch. Dass es Halt von außen heute noch ohne Bezahlung gibt, reicht fast zurück ins Mittelalter.

Menschlichkeit macht Hoffnung.

Wir ignorieren, streiten, kommunizieren zu wenig und sehen in einem Typen wie Phillip einen Verbrecher.

Geht's noch?

Zorro, unser Freund, findet ein rot-gelbes Schild. Es ist unausweichlich, dass er versucht, uns das Zeichen zu erklären, obwohl ihm die Worte fehlen.

»Hörner« werfe ich ein. Gut, es gibt bessere Vorlagen.

Gizmo glaubt, ein Rätsel entdeckt zu haben, und identifiziert darin die ›drei Gehörnten‹.

Zorro blickt zu Gizmo, erreicht ihn aber nicht.

Dieser kleine, dickköpfige Tibet-Typ.

Hand aufs Herz, Hunde, die sprechen können, sind nicht absurd, aber gewöhnungsbedürftig. Ein tibetischer Shih Tzu mit buddhistischen Wurzeln begegnet einem ›Highland-Terrier‹ aus Berlin?

Die beiden jagen Kriminelle und decken Schicksale auf.

Sieht Gizmo wirklich drei Hörner?

Sticht ihm nicht die prägnante Farbe Gelb ins Auge? Oder Zorro? Ist er farbenblind?

Gizmo fasst zusammen, dass Zorro im Schilderwald eine Pause einlegt, da er sich nicht konzentriert, bis er sich eingestehen muss, auf einem Irrweg zu sein.

Zorro, von seinem Ego angestachelt, legt nach.

»Mo? Welchen Sinn hat die Farbe Gelb?«

Er bleibt der Frage treu und wartet nicht auf eine Antwort. »Gelb symbolisiert Sonne, Licht und Wärme in meinem Leben«.

»Mein springender ›Bouncer‹, der immer ›ööhhmm ööhhll‹ macht, ist gelb«.

Er hätte besser geschwiegen, und ihm wird viel zu spät bewusst, dass er unserem Freund damit eine Steilvorlage liefert.

»Intellekt, repräsentiert durch die Farbe Gelb, liegt Dir nicht. Mir kommt Gier in den Sinn. Könnt Ihr beiden ein paar Minuten lang das gesamte Schild betrachten, Eure Augen schließen und nacheinander sagen, was Ihr damit in Verbindung bringt?«

Zunächst dachte ich, es handle sich um den Lebensüberdruss eines gelangweilten Chihuahuas, bis ich erstaunt einräumen musste, wie ähnlich unsere Vorstellungen doch sind.

›Ein Kreis in der Mitte‹, sagt einer, und der andere ergänzt, ›der Sch…-Tumor.‹

»Die Gier des Tumors,« beginnt Zorro, woraufhin Gizmo wie aus einem Wasserfall sprudelt, »macht ihn in seinen Augen stark«.

Fast stereotyp antworte ich, weil meine Gefühle erst wieder eine Rolle spielen, wenn mir jemand Hoffnung verspricht.

»Dieses Geschwür wirkt überheblich, nutzt unsichtbare Waffen, fühlt sich stark und wird bei der kleinsten Gegenwehr meines Immunsystems alles aufbieten, um mich zu zerlegen. Ein feiger Krankheitsprozess, der mir keine Alternative bietet«.

Traurig lasse ich meinen Kopf hängen.

»Feige?« fragt Zorro. »Inwiefern?«

Dankbar lausche ich den Worten von Mo.

»Teddys Tumor sitzt an einer Körperstelle, die am längsten unentdeckt bleibt. Ein riskantes Versteckspiel. Über einen langen Zeitraum hat er sich ausgebreitet, ist in gesundes Gewebe eingedrungen, konnte sich vermehren und Metastasen streuen. Krebs im Endstadium als Zufallsbefund durch einen zahnmedizinischen Eingriff, der als Routine eingestuft wird? Sorry, das ist makaber. Das Karzinom hat meinem Seelenbruder die Hörner ›da oben‹ aufgesetzt«.

»Dann müssen wir sicherstellen, dass das unberechenbare Ding diese abstößt. Erinnerst Du Dich? Gelb und Intellekt? Meines Wissens wird in Vietnam illegaler Stirnauswuchs von Nashörnern als Krebsmedikament verwendet«.

Gizmo ist selten aufgeregt, und ich stoppe ihn vorerst, um seine Seele zu schützen.

»Das nächste Nashorn steht nicht ums Eck, und wer von uns neigt zu so grober Gewalt, um dem armen Tier sein Horn zu entfernen?«

Zorro lächelt vergnügt, was nicht dem Thema, sondern meiner Aussage geschuldet ist.

Nach einer kurzen Entschuldigung für seine inadäquate Gefühlswallung bei einem doch ernsten Thema schaue ich zum Bild.

»Seid ehrlich, in der Mitte könnte ebenso eine Sanduhr abgebildet sein. Gegenwärtig oder zukünftig, ich werde nicht schlau aus den Internet-Berichten. Wird illegal gewonnenes Nashorn-Horn[3] vor allem in Vietnam als Mittel gegen Krebs verarbeitet?

Es gibt wichtigere Dinge, die mein kleines Hundeleben nicht berücksichtigen. Die Zeit läuft gegen mich.«

---

[3] https://de.wikipedia.org/wiki/Horn

STOP

»Ich will das nicht hören, ich will das nicht hören, ich will …«

Gizmo hält sich die Ohren zu, wozu das Schild in zwanzig Meter Entfernung passt.

Ich muss einschreiten.

»Beruhig Dich, alles ist gut. Schau, wir beenden alle Spiele«.

Zorro, nicht einverstanden mit dem vorzeitigen Aufhören, meint, was völlig anderes darin zu sehen.

»Schwachsinniger Tod ohne Perspektive. Reicht es noch immer nicht als Warnung? Kämpfen, Du musst kämpfen, Teddy«.

Gizmo zeigt deutlich seine Abwehrhaltung. Manchmal bin ich dankbar, dass es mich und nicht ihn getroffen hat.

»Stopp«, ruft Zorro dem Kleinen entgegen. »Teddys Optimismus bezüglich der Palliativmedizin sollte für uns ein Zeichen der Hoffnung sein«.

»Sein Tod opfert meine Liebe aller Pfötchen«.

Mo's Antwort hat gesessen.

Sein Weltschmerz kommt für mich zu früh. Nicht, dass ich keine Möglichkeit sehe, ihn zu trösten, aber noch bin ich da. Wer hilft ihm, wenn der Platz an seiner Seite wirklich einmal leer ist?

Ich weiß doch, wie es sich anfühlt. Auch ich war einmal an diesem Punkt. Seinerzeit half mir Gizmo und das ganz, ganz leise. Um Missverständnisse zu vermeiden: Er war bereits in den ersten Lebensmonaten ein ›Hau-Drauf‹, wild, chaotisch, aber zuckersüß. In traurigen Momenten reichte ein einziger Blick von ihm.

Wie wird es sein, ohne dieses Band zwischen uns?

Bleibt da was, auch wenn ich gehe?

Mein Kleiner ganz allein gegen den Rest der Welt?

Ich habe Angst, dass er sich aufgibt, um zu mir zu kommen, so wie ich es mir damals vorgenommen habe, als ich meine Dackelfreundinnen verloren habe. Als würde er meine Gedanken lesen, ist er wieder ganz leise, als er auf mich zusteuert und seinen Kopf in meinen Nacken legt.

»Lust auf Comedy?«, fragt er.

»Immer«. Einen besseren Zeitpunkt gibt es nicht.

Während ich krampfhaft nach einer geeigneten Überleitung von schwermütig zu ›t(r)ollwütig‹ suche, hat unser Freund Zorro längst die passende Antwort.

›Mc Zorro‹

»Ich bestehe auf mein Z, was mir am Anfang das C erschwerte. ›MzZorro‹ hätte perfekt gepasst und gibt meinen Favoritenplatz an ›McZorro‹ ab.

Ich analysiere nicht akribisch Eure Wünsche, weil es viel gesünder ist, jeden Moment einzufangen. Einfach einmal glücklich sein, dass man die getroffen hat, die einem einiges, viel oder alles bedeuten. Mit dieser Einstellung erreicht man Zufriedenheit. Da spricht einer von Krankheit, ein anderer von ›die Bahn‹ war mal wieder zu spät. Der nächste ›Ich muss immer an dieses Dialyse-Gerät‹, der nicht ganz Letzte: ›Ich wünsche mir ein vielversprechendes Betäubungsmittel für chronisch Schmerzkranke, das vom Gesetz zugelassen wird wie Cannabis‹.

Zorro präsentiert einen Springbrunnen im Kurpark der Stadt, der dazu einlädt, innezuhalten und den Worten unseres Freundes zu lauschen.

Woher kommt bei ihm diese Leichtigkeit?

Dass er dermaßen herzlich auf die vorangegangene Situation reagiert, belohne ich mit einem hohen Maß an Achtung.

»Teddy, Du sitzt links im Schatten. Gizmo, schau Dir das Leuchten in seinen Augen an, obwohl er nicht im Sonnenlicht steht. Siehst Du es?«

»Ja, Zorro«

»Hey, im Moment bitte mit ›MC‹ davor«.

Hüsteln, Räuspern.

»Also ›MC Zorro tomorrow‹, für den das Morgen keine Rolle spielt, zurück zu Deiner Frage. In Teddys wunderschönen Augen spiegelt sich ein Strahlen.

Als sich unsere Blicke treffen, wird das Leuchten noch intensiver. Woran liegt das?«

»Ich nenne es Liebe, unabhängig von in Szene gesetzten Äußerlichkeiten und Arrangements. Ihr geht seit nunmehr neun Jahren gemeinsam EINEN Weg, sagt JA zum Leben und zueinander. Ich verstehe Eure Ängste, aber sie dürfen Euch nicht bestimmen«.

Ich blicke zu Gizmo.

»›MC‹ hat Recht. Wir sind stärker, als wir denken und müssen es erkennen, um es zu nutzen. Du als kleiner Buddhist. Vielleicht bleibt mir noch so viel Zeit, dass wir Deinen Tharge wiedersehen?«

»Ja!« Gizmo springt mir vor Freude fast ins Gesicht.

»Und Kuddel oder Leonie«.

Zorro hat das Unmögliche erreicht, obwohl er keinen Auftrag hatte. Er ist einfach da und sieht freudig zu, wie wir Zukunftspläne schmieden.

Tharge war der erste wichtige Mensch in Gizmos Leben in Tibet, bevor der Kleine auf Umwegen zu mir nach Deutschland kam (›Krabumms‹).

Bei unseren ›Missionen‹, die wir aus Langweile meines kleinen Tzu starteten, lernten wir viele interessante Menschen und ihre Geschichten kennen.

Jede Erinnerung lässt mein Herz vor Freude höherschlagen.

Zorro macht einen Handstand, springt auf, und rundet alles ab mit einer gelungenen Figur wie bei den Finals in den 1980er Jahren beim Breakdance.

Er scheint das Rappen im Blut zu haben, und sein Freestyle ist vom Niveau her Weltklasse.

»Oh, oh, hier kommt ›MC Zorro‹.

Es sind zwei Hunde, ihre Herzen unsagbar schwer.

Sie laufen traurig nebeneinander her.

Sie sind in liebendem Bunde.

Glücklich, leicht und frei, und doch sind es nur zwei Hunde, kein weiterer dabei.

Stumm sind sie, während ihr Herz zerbricht

Und Teddys Mund sinnlose Worte spricht.

Gizmo sieht die Nacht, weg ist des Herzens Rot; und ihre Seelen weinen um seinen nahenden Tod.

Hey, Hey, ›MC Zorro‹ hat ein Rezept und Euch deshalb verschleppt. Ohne Frage habt Ihr viel zu tragen, an so manchen schlechten Tagen.

Egal an welchem Ort, zählt immer nur ein Wort.

Der Krebs will Dich besiegen, doch eines wird er niemals kriegen. Das Herz, das Gizmo Dir vor Jahren gab, wärmt Dich in Deinem regenbogenfarbenen Park.

Zwölf Pfötchen - mitten im Leben und füreinander da«.

Inzwischen sitzen mein Buddy und ich fast aufeinander. Dieser Fülle von Gefühlen Ausdruck zu verleihen, ist schier unmöglich. Ich weiß, dass Zorro es ›von außen‹ betrachtet, wie er uns gerettet und sich zu uns gesellt hat«.

»Danke ›MC Zorro‹. Du bist ein wahrer Freund. Lasst uns heimgehen, der morgige Tag kommt noch, was nicht bedeutet, dass ich nicht im Hier und Jetzt lebe.

Revoluzzer / Shaggy

Ich habe mich mit der falschen Pfote aus dem Körbchen bewegt, was nicht gerade für gute Laune sorgt.

»Gizmo? Wenn Dir der ›Schilderwahn‹ nicht reicht, würde es mich freuen, wenn Du den Rest zu Deiner Zeit mit Zorro machst. Ich lege mich wieder hin«.

»Ich lasse mich von Dir nicht verplanen, verdammt. Schreib mir nicht vor, mit wem ich was zu tun habe, statt ehrlich zu sagen, dass es Dir schlechter geht und dass Du mich endlich einmal brauchst«.

Kleinkriege bringen mich kaum noch aus der Fassung, tut mir leid für all diejenigen, die gern Dampf ablassen.

Mit brennenden Augen und geplagt von Schmerzen lasse ich mich in meine Kissen fallen.

Als kurz darauf die Haustür zufällt, kommen mir plötzlich Szenen aus ›Mo, der Revoluzzer‹ in den Sinn.

Er begab sich oft allein auf den Weg, und wenn sein Ausflug nicht in der Tierklinik endete, dann in einer Lehmkuhle oder auf dem Rücksitz eines Streifenwagens.

Wenn der Dickkopf jetzt doch nicht mit Zorro loszieht?

Langsam richte ich mich auf, breite meine Beine aus und nehme die Verfolgung auf.

Er wird nicht weit gekommen sein, und tatsächlich sehe ich ihn auf der anderen Straßenseite, mit …

Warte, ist das nicht Shaggy? Ein Freund, ein Jack Russell, ein Unikat.

Irritiert bin ich durch die Nähe zwischen den beiden. Gizmo hat immer einen großen Bogen um ihn gemacht, weil mein Kleiner einfach nicht der Typ Hund ist, der nach sozialen Kontakten sucht.

Offenbar gibt es eine Ausnahme.

Ich beobachte, wie sie dicht beieinanderstehen, höre sie tratschen wie zwei Weiber in Filmen vom Ohnsorg-Theater, und sie lachen immer wieder.

Bin ich zum Gespött geworden?

Traurig und von Selbstzweifeln zerfressen hefte ich mich an ihre Fersen, als sie losziehen.

Sie nennen sich ›Shaggy-Mo‹. Es schmerzt, mit welcher Geschwindigkeit ich ersetzt wurde.

Komm, Krieger!

Ich motiviere mich, während der Zweifler in mir mahnt, vorsichtig zu reflektieren.

Warum stehe ich kaum noch auf eigenen Füßen?

Der Abstand zwischen mir und meinem Leben vergrößert sich, weil mich meine Pfoten nicht verlässlich tragen.

Als sie um die Ecke verschwinden, befürchte ich, sie verloren zu haben.

Weinend breche ich am Straßenrand zusammen.

»Teddy? Was ist los?«

Eine sanfte Stimme, die mich streichelt und mir vertraut vorkommt, rettet mich vor dem kompletten Aus.

Ist das tatsächlich ›Happy‹?

Eine stolze Berner Senner-Hündin mit dem Wesen einer Freundin von den ›Echten‹.

»Dass Du mich in diesem jämmerlichen Zustand siehst, ist eine Westie-Katastrophe. Schau nicht hin, es wird Dich entsetzen, was aus mir geworden ist.«

»Du bleibst der coole Typ. Wo drückt es wirklich, Teddy? Was ist los?«

Soll ich meine Eifersucht ansprechen und mein Manko, dass ich Gizmo nicht aufgeben will? Mein Leben darf nicht zu Ende sein.

»Gizmo ist weg« belüge ich sie. »Ich möchte ihn suchen, habe mir aber die Hinterläufe gezerrt.«

»Sag das doch gleich. Spring auf, Du schottische Kampfmaschine. Wir finden ihn«.

Hochspringen?

Danke!

Langsam arbeite ich mich hoch, bis ich auf dem Rücken in einem weichen, samtartigen Fell lande.

Und ich drohe fast wieder zu fallen, weil Happy die erlaubte Geschwindigkeit von dreißig missachtet und lospescht, als würden Wildschweine uns verfolgen.

»Dort ist er«, rufe ich und spüre jeden Herzschlag.

»Lass mich runter«.

Hört Happy mich nicht?

Mit meinen Krallen kratze ich wildgeworden an ihrer Stirn, bis sie anhält.

»Hey, das tut weh. Dein Freund steht dort drüben vor einem Schild. Kennst Du den Mann neben ihm?«

»Nein«, stottere ich, und ich habe keine Ahnung, wie es mir gelingt, unerkannt zuzuhören, was das Team ›Shaggy-Mo‹ mit ihm zu bereden hat.

»Butter bei den Fischen, was willst Du hier wirklich, Teddy?«

Keine Lügen mehr, keine Ausreden. Ich erzähle ihr, wie sehr ich leide. Und dass ich nicht ausgewechselt werden will.

»Ich bin noch hier und er zieht mit Shaggy los«.

»Er leidet wie Du. Kürzlich habe ich gesehen, wie er sich versteckte, um ungestört weinen zu können. Er fühlt sich allein. Komm, wir schleichen uns an und hören leise zu«.

Das Schild, das einen Streit auslöste, ist nicht wirklich dieser in Miniatur skizzierte schwarze Hund, der sich hinhockt und durchgestrichen wird, weil er dort seine Notdurft nicht verrichten soll.

Ein Aufwach-Hallo, an alle Hunde-Eltern: Ihr seid verantwortlich für solche Messages und Ihr habt es in der Hand, etwas zu ändern.

Alle, die mit Hunden leben, wissen, was sie zu tun haben.

Hinter einem Container verstehen wir jedes Wort akustisch, aber inhaltlich?

»Das interessiert mich nicht,« reagiert der Mann äußerst unfreundlich.

Gizmo macht einen Satz auf ihn zu. Hoffentlich erkennt er die potenzielle Gefahr.

»I lass mi net von da ans Bein pinkeln, Du Breitschnauze. Sag auch mal was dazu, Shaggy«.

Und wie er was sagt, ebenso unverständlich wie der Redner zuvor, der Dialekt noch nie beherrscht hat.

»Moin, werter Herr. Sei so gut und entschuldig di. De Hundekot bin Schild kommt nich von uns«.

Es klingt nicht gefährlich, wie der Mann auf die beiden reagiert.

»Kiek an, a bayerischer Zamperl und ein Russell, der Plattdeutsch spricht. Ihr seid eine Überraschung für mich. Hunde mag ich, aber nicht das, was Ihr zurücklasst. Was denkt Ihr, wozu die Schilder hier stehen? Hier leben kleine Kinder, die unbedarft mit Scheiße an den Händen spielen. Ekelhaft. Dieser Haufen lag heute früh noch nicht hier«.

Shaggy, dem die Situation sichtlich zusetzt, versucht, das Gespräch in eine andere Richtung zu lenken.

»Siehst Du dat upgestellte Fell bi den wildgewordenen Shih Tzu? He is hier ortsbekannt as Beißer mit Vorwarnung. Ik bin blots mit em unterwegs, weil ik so keen Angst vör him hebben dörf«.

Ich schaue mit großen Augen zu Happy.

»Seit wann spricht Shaggy Plattdeutsch und Nordfriesisch, woher kann Mo den bayerischen Dialekt?« flüstere ich, um unentdeckt zu bleiben.

Bevor Happy antworten kann, sind wir wieder mitten im Geschehen.

»Kumm, Mister, mach dir koi Angst. I hab mei Beißer-Konto für hüt überzoge. Ich lebe im

Schwäbischen und lass als Tourist nix hinger, erst recht koi Scheiß«.

Gizmo reckt seinen Hals stolz und erhaben nach oben.

Der Mann bückt sich, um einen Kotbeutel zu nehmen, und will offensichtlich der Situation entkommen.

»Ach, nicht doch, Shaggy. Schau, wer wirklich für den Haufen verantwortlich ist«.

Die Ertappten schütteln den Kopf.

»Sieh an, Hochdeutsch beherrscht Du auch. Macht Euch weg. Und schön aufpassen, nicht alle reagieren so nett wie ich«.

»Nett?«

Shaggy stimmt dem überhaupt nicht zu.

»Kreide. Ich brauche Kreide,« schreit er und rennt los, um zehn Minuten später mit zwei Kindern zurückzukehren, die bereitwillig einen Auftrag für ihn ausführen.

Bis das Emblem fertig ist und auf dem Asphalt ein kleines Kunstwerk darstellt, das nicht jedem gefällt, aber anschaulich mitteilt: Jeder Hornochse soll ein Tütchen mit sich führen, für den Fall der Fälle.

Vier Kinderhände und acht Pfötchen klatschen sich ab, während mir die Zornesröte im Gesicht des Mannes ins Auge sticht.

Auf ihn mit Geschrei.

»Mach aus einer Mücke keinen Hund, Oldie«.

Es mangelt mir an Zeit, um meine Wortwahl zu verbessern und dem Gentleman in mir gerecht zu werden. Happy bleibt nah bei mir, während das ›Shaggy-Mo‹-Team sich über unseren unerwarteten Besuch sichtlich freut.

Ich nähere mich dem Mann, außer Atem, aber mit guten Absichten.

»Ich erkläre Ihnen, was hier los ist, aber nicht zwischen Tür und Angst«.

»Angel«

»Wie bitte?«

»Es heißt zwischen Tür und Angel«.

»Ist das wichtig? Ihnen steht schon auf dem Kinn geschrieben, dass sie Hunde nicht besonders gut leiden können«.

»Stirn«.

Der bringt mich auf die Palme.

»Ich habe selbst einen Vierbeiner. Da guckst Du, was? Seine Häufchen mache ich weg«.

»Kein Wunder, wenn Du nicht mit ihm rausgehst, oder wo ist er gerade?«

Als er berichtet, dass sein Dackel nach einer schweren Krankheit eingeschlafen sei, berührt mich das Zittern in seiner Stimme.

Er hat seinen Tod bis heute nicht verarbeitet und lebt weiter, als wäre er bei ihm. Deshalb auch die Tütchen in der Tasche. Er sucht nach einem Schuldigen, der ihm das Liebste genommen hat, und verliert sich zunehmend in Kleinkriegen mit den Nachbarn.

»Dass ich jetzt kleine Hunde angreife, ist eine neue Gestalt meiner tiefen, hoffentlich noch beherrschbaren, Verzweiflung«.

»Schau«, versuche ich ihn zu erreichen, »der kleine Shih Tzu dort drüben. Auch er ist bald allein. Als Welpe kam er zu mir. Seit zehn Jahren sind wir unzertrennlich und glücklich. Warum geht man im ersten Moment des Glückes davon aus, dass es für bleibt? Das Schicksal schlägt gnadenlos zu. Mein ›Herz(z)ensschön‹ befindet sich auf meiner Zunge.

»Redewendungen benutzen ist Dein Hobby, was? Es heißt Herz«.

»Leider nein«.

Mit gesenktem Kopf erzähle ich ihm einen Teil meiner Geschichte, offen und schonungslos.

Danach verbinden uns Minuten des Schweigens, bis er aufsteht, mich streichelt und zu Gizmo, Shaggy und Happy geht.

»Ick entschuldige mich mal für vorhin. Ihr seid echt jut, wa? Das is´n Kompliment, ey. Geht zum Teddy und macht ihm jede Minute richtig schön, ja? Tschö, ihr knuddlig´n Hunde!«

Lina

Selbst wenn ich beim ›Schilder-Marathon‹ viel Spaß habe, achte ich auf meine Belastungsgrenzen.

Es wäre schön, wenn alle einmal mit einem Lächeln über mich sprechen würden, ohne dass meine Freunde dabei traurig aussehen.

Ich habe vielen Hündinnen kennengelernt, aber eine hat mir besonders gefallen.

Vielleicht suche ich auch einfach nach etwas Verlorenem, da ich bereits in der frühen Lebensphase mit Schmerz konfrontiert wurde, als es ums Loslassen ging.

Meine ›Dackel-Ladys‹.

Blacky starb überraschend und völlig unerwartet in einer Nacht, in der ich von Glück träumte.

Diese Kälte, die unser Haus trug, als ›Mama Perfekt‹ sie nach draußen brachte, werde ich immer spüren.

Kimba gab mir ein Versprechen, das keinen Wert hatte, weil sie mir scheinheilig die Pfote darauf gab, mich niemals alleinzulassen. Sie ging knapp zwölf Monate später ihrer Schwester ›einfach‹ hinterher.

Ich blieb zurück. Es schmerzte damals und tut bis heute weh. Jetzt wird es ernst für mich.

Ich möchte etwas hinterlassen, und eine meiner Frauchen arbeitet an diesem Buch, das kein ›Bestbeller‹ werden soll, bei dem Verkaufszahlen die wichtigste Rolle spielen.

Hier steht Teddy, DER ›Rückbatscher‹, und ich bin auch WER. Auf einmal erscheinen mir Bilder und das Leben läuft wie in einem Daumenkino an mir vorbei. Nie hätte ich geglaubt, dass es das wirklich gibt, was Soaps erfolgreich macht.

Doch, auf einmal ist alles gegenwärtig.

Ist jetzt der richtige Moment, meine Abwehrhaltung gegenüber Hündinnen abzulegen?

> ›Lina, ich habe es gerade nicht leicht und ich weiß
> nicht, wie weit meine Kraft noch reicht.
> Wenn ich am Boden liege, hilfst Du mir, dass ich
> bald fliege?‹[4]

Bevor mich die gut besetzte ›Fellbande‹ mit ihren fünf Mitgliedern einfängt, ziehe ich mich unter einer Hecke in meine selbst gewählte Isolation zurück.

Kann ich überhaupt noch mit Zweisamkeit umgehen?

Lina, die jung und verspielt ist, muss mich als einen alternden und kranken Rüden sehen, was die Frage aufwirft, ob mein Ego die Realität erträgt.

Ist es mir möglich?

Der Macher, jetzt ein Wegkracher.

---

[4] Angelehnt an dem Song von der Gruppe PUR
https://www.youtube.com/watch?v=M1r60_KBZoI

Vorher der Held, der gerade fällt.

Gestern der Prinz, der es morgen nicht mehr bringt.

Bildhaft ist die rote Flagge gehisst.

Ich bin nicht daran interessiert, mich zu erniedrigen und in ›ein Aus‹ zu schießen.

Umdrehen, Beine in die Pfötchen nehmen und ab durch die Hecke.

»Teddy?«

Ich kenne diese leise, beinahe flüsternde Stimme.

Aus dieser Nummer rette ich mich fraglos nur mit Sexappeal (Fehlanzeige), Coolness (mir zittern die Knie) oder Humor.

Ohne sie anzusehen, frage ich viel zu lässig, wie sie einen Hund unter einem Baum nennt.

»Das heißt Keks, nicht Hund, und die Antwort hat einen Bart bis Buxtehude. Schattiges Plätzchen«.

»Grööööhl. Schattiges ›Westchen‹«.

Ich kann mich vor Lachen nicht mehr halten.

Warum feiert sie mich nicht?

Ich lege einen drauf. »West Highland, Westie, Westchen. Ich kenne einen Witz von geistigem Wert. ›Wer anderen einen Westie brät, besitzt ein ›Westie-bratgerät«.

Erdrückendes Schweigen.

Meine Wirkung auf andere lässt nach.

»Lina? Ich werde zu einer Wolke und buhle unaufhörlich um Präsenz, weil ich das Gefühl, auf der Welt zu sein, nicht verlieren will. Aber der Tag kommt und ich schicke alles, was oben wertvoll ist, hierher, um die Tage meiner Fellfreunde heller zu machen, sobald ich fort bin«.

»Was ist los bei Dir?«

Ich fühle ein kleines Pfötchen auf meinem Rücken, und die ersten Tränen kullern über mein Gesicht.

»Was soll sein?«

Meine Stimme klingt ziemlich dünn, während ich stockend atme.

»Diese Traurigkeit in Deinen Worten, ich kenne Dich so nicht«.

»Kleine ›Witz-Kaputtmacherin‹, achte gut auf alles, was ich sage. Du siehst zu viel in flachen Witzen und im Herumscherzen, wenn ich an einem drögen Sonntag mal für kein gutes Gespräch sorge«.

Bei dem Versuch, mich ihr zuzuwenden, verfange ich mich in einem Tannenzweig.

Kein fehlerfreies Bild von einem Hund, der noch in der ersten Liga spielen will.

»Der Regen«, zeige ich auf meine Augen.

Lina schaut zum Himmel hoch.

»Ein schöner Sonntag, frei von Regen und Wolken. Ich habe Angst um Dich. Auch wenn ich mich wiederhole: Was ist los mit Dir?«

Ich kann dieses ›Stark-sein-Wollen‹ bei ihren sensiblen Nachfragen nicht aufrechterhalten.

»Lina? Ich schaffe es nicht mehr«.

Alle Dämme brechen.

»So sehr ich es will, es gelingt mir nicht«.

Lange muss ich nicht überlegen, wenn es um ihren Vorschlag geht, dass wir uns zurückziehen.

»Hast Du mich gezielt ausgesucht, oder ist es Zufall, dass Du Dich mir anvertraust?«

»Einfach zu Dir zu gehen, ohne viel darüber nachzudenken, war mein Ziel, bis Zweifel mich aufhielten. In Deiner Liga spielte ich vor zehn Jahren. Heutzutage schaut man mit einer Mischung aus Mitleid und Fürsorge auf mich herab. ›Altes Kaliber‹ ist noch das Freundlichste, was ich höre. Liebst Du Dein Leben?«

»Definitiv. Teddy? Du bleibst. Immer. Gib Deinen Hunger nicht zu schnell auf«.

»Das ist genau der Punkt. Ich möchte nicht, dass ich ihn verliere. Die ›Pro-Seite‹ macht mehr als neunzig Prozent aus«.

»Meine Familie hat mir von Deinem Schicksal erzählt. Krebs im Endstadium steht auf der Contra-Seite, richtig?«

»Nicht nur. Ich fühle mich vom Schicksal betrogen und bin erschöpft. Die Schmerzen werden nicht weniger. So sehr ich essen und trinken genieße, dieser Tumor presst alles in meinem Kiefer zusammen, sodass nichts mehr Gaumenfreude bereitet«.

Lina stehen nun ebenfalls Tränen in den Augen.

Dabei kannte ich sie bisher nur verspielt und mit jubelndem Bellen.

Wieder fühle ich mich schuldig.

»Sorry«.

Ich wische ihre Tränen weg.

»Genau aus diesem Grund rede ich zu Hause nicht mehr über mich. Es darf nicht sein, dass alle meinetwegen traurig sind. Ich hoffe, wir sehen uns in den nächsten Tagen unter anderen Umständen wieder«.

Schnell weg von hier.

»Teddy, bleib jetzt bitte bei mir«.

Stundenlang liegen wir im Gras und klammern uns an den Pfötchen, als wäre es unsere letzte Rettung.

Nichts erinnert an eine Situation aus einem Seniorenheim, und ich bin weder ein kranker alter Hund noch sie eine junge Pflegekraft.

»Was macht Dich müde?«

Wäre Gizmo mit dieser Frage an mich herangetreten, hätte ich ihn angelogen, weil ich ihn zu beschützen versuche, seit er bei mir lebt.

»Ich will stark sein, Lina, und trotz meiner nachlassenden Leistungsfähigkeit hat sich an unserem Familienleben nichts geändert«.

»Das sagt doch viel. Es gibt keine Perfektion, der Du hinterherrennen musst. Teddy, merkst Du es selbst? Dein Körper zuckt bei jeder noch so nebensächlichen Frage zusammen. Ich helfe Dir, soweit Du es zulässt. Du bist mir wichtig. Es ist jedoch nicht gesund, ständig zu geben und das Gefühl zu haben, immer wieder etwas tun zu müssen. Deine Familie kenne ich und weiß, dass sie Dich nicht in dieser Hinsicht geprägt hat. Ist das wieder so ein selbst kreiertes Macho-Ding?«

»Suche nicht bei meiner Familie, falls Du etwas aufzudecken glaubst, das einer Nachfrage nicht standhält. Kennst Du meine Biografie ›Rück-batscher‹? Wenn man bis zur Erschöpfung kämpft, schließt man an einem Punkt Frieden und gibt sich mit einem Stück Hoffnung zufrieden. Mein Leben stand nie über dem anderer, und ich lebe von positiver Energie, ganz besonders, wenn ich an meine Schwester denke, die nicht vor mir vermittelt wurde und die ich zurückließ.

Wenn es mich wieder einholt und mich traurig macht, dass ich sie nie wirklich verabschiedet habe, bilde ich mir ein, dass sie meine Empathie und Menschlichkeit besitzt, wenn nicht sogar viel mehr davon. Alles Weitere überlasse ich der ›Gefühls-duselei‹, diesem ›Frauending‹, in dem ich mich nicht zu Hause fühle und weil ich mich viel zu sehr als Rüde sehe.

Lina duckt sich.

Bereite ich ihr Angst mit meiner Vorstellung von Selbstbewusstsein oder meinem viel zu eingefahrenen Konzept, sich lieber zurückzunehmen, bevor man aneckt? Ich bezeichne es als ›SBT‹.

Selbstbetrug für diejenigen, die Abkürzungen nicht beherrschen.

»Teddy, wem willst Du gefallen?«

Ich werde auf diese Frage nicht noch einmal antworten, niemals wieder. Wenn man nett ist, sich sorgt und Gefühle einen vom Schlafen und Essen abhalten, stellt man für die andere Seite eine Belastung dar, und die Unfähigkeit, Probleme rational zu bewältigen, gerät in den Vordergrund. Am liebsten wäre ich jetzt schon unter der Erde, wenn ich es nicht einmal schaffe, hinter einem hellen Fragezeichen einen dunklen Punkt zu setzen.

Danke Lina, denke ich.

Sie begreift, wie tief ich unten bin, obwohl man mich mit erhobenem Kopf sieht.

»Teddy? Trittst Du Deine Rolle an mich ab?«

Was meint sie?

»Ich will Deine Rolle übernehmen«.

Wir haben uns zehn Minuten oder länger nur angeschaut.

Sie will meine Rolle einnehmen.

Für wen, wofür und wie lange?

Ich bin erneut überfordert.

»Lina, lass mich bitte in Ruhe. Empfindest Du mein Schicksal als ein Spiel? Du bist die Hündin, von der ich mir Hilfe erhoffe. Ich glaube nicht, dass ausgerechnet Du in die Falle der allgemeinen Oberflächlichkeiten trittst«.

»Wilder Westie, ausgerechnet Du setzt wegen eines gedanklichen Irrweges diesen Riesen-Bonus, den Du bei mir genießt, aufs Spiel? Ich lebe nicht als Hündin vor mich hin, sondern nehme sehr wohl am Leben teil. Es ärgert mich, dass Du mich aus Ohnmacht angreifst, obwohl vieles schwerer wiegt. Welche Bedeutung hat der ›Jakobsweg‹ für Dich? Es handelt sich um einen

Pilgerweg zum Grab des Apostels Jakobus in Santiago de Compostela in Spanien. Darf ich Dir einen eigenen, nicht ganz vergleichbaren, zeigen? Pilgern statt rennen, Entschleunigung ersetzt rasante Entwicklung«.

»Lina, Du verstehst mich. Die im Juli reifende Jakobsbirne hat eine Bedeutung, da ich in diesem Monat in das wilde Leben geriet. Aber welche?«

»Du schweifst ab in die Botanik. Bevor Du Jakobsmuscheln ansprichst, muss ich Dich stoppen, auch wenn sie mit dem Pilgern in Verbindung stehen könnten. Westie, schau mir in die Augen, Kleines, äh Kleiner, um mich richtig zu verstehen. Hier, schau hierhin«.

Lina deutet mit ihrer Pfote auf die Mitte ihrer Stirn.

»Denke an zwei zweischalige Muschelarten: die Pilgermuscheln aus dem Mittelmeer und die großen Pilgermuscheln, die wegen ihrer langgezogenen Streifen und Strahlen auch Kammmuschel oder Strahlenmuschel genannt werden. Kommst Du noch mit?«

»Wohin denn?«

Falls sie jetzt nicht begreift, dass ich ›durch‹ bin, lasse ich Lina mit einem ›ich habe Dich echt liebgehabt‹ gehen.

Und dann passiert das.

»Zu einem Ort, der ausschließlich für uns zwei bestimmt ist und den wir nicht mit einem ›Hunde-Spielplatz‹ oder Garten verbinden. Ich verstehe Dich und jedes Deiner Gefühle löst etwas in mir aus. Deine Angst, dass etwas Wichtiges verloren gehen könnte, ist unbegründet. Obwohl ich nicht damit gerechnet habe, erfüllt es mich mit Stolz, dass Du mir neben Gizmo einen kleinen Platz in Deinem Leben eingeräumt hast. Ich habe Deine Liebe zu Gizmo verfolgt. Wir lassen den ›Jakob‹ hinter uns und folgen unserem eigenen Weg«.

Ein letzter Kuss für eine Freundin, die ich in liebevoller Erinnerung behalte«.

Wichtige Kissen

Was für ein Tagesbeginn.

›Moin, neuer Morgen‹, murmele ich leise und mit Respekt, obwohl ich in meiner Erschöpfung nicht einmal sicher weiß, ob er zu einem Miesmacher oder zu einem Hoffnungsschimmer wird.

Die letzte Nacht war durch aushaltbare Schmerzen erträglich und kraftspendend.

Was mich alle halbe Stunde wachrüttelte, kann ich (noch) nicht benennen.

Durch unsere ›Schilder-Tour‹ werde ich mit Gefühlen konfrontiert, die ich schon lange verdrängt habe.

Das führt zu merkwürdigen Träumen.

»Hallöchen, mit ›Öchen‹, Daddy Teddy, Du alter Haudegen, ›ready‹, ausgeschlafen und bereit für neue Streiche?«

Weil ich müde bin und nicht in der Lage, neue Informationen gedanklich zu verarbeiten, geht mir Gizmos gute Laune auf die Nerven, was ich überspiele.

»Moingiorno, Mo und Co. Weshalb ist Zorro nicht bei Dir?«

»Ach, sind wir schon so weit?«

Mein Freund sieht mich mit traurigem Blick an.

»DU bist meine zweite Hälfte, niemand sonst«.

»Das ist ein Geschäft mit großem Verlust, Kleiner. Bald bin ich weg und Du bleibst allein zurück. Ich wünsche Dir, dass Du eine Zukunft nach mir hast«.

Es hat ihn nicht wirklich beruhigt; vielmehr habe ich eine innere Weltreise in ihm losgetreten. Wild schaufelt er sich mit seinen Pfötchen durch die Kissen, die auf der Couch wesentlich besser zur Geltung gekommen sind, als jetzt auf dem Boden. ›Zack‹, eins wird durch die Wühlerei von einem anderen ersetzt.

Gizmo hüpft durch ein Meer aus Kissen, um Platz in der Mitte zu schaffen.

»Lege Dich hier drauf. Ich ernenne ihn schon jetzt zu Deinem Lieblingsort. Deinen Stolz stecke schnell weg, denn es ist eine ›Selbstmitleid-Kissenecke‹«, erklärt mir Sir Naseweis.

»Wenn Du glaubst, dass ich Deine traurigen Phasen nicht bemerke oder Dich nicht verstehe, bist Du falsch zerstückelt. Ich habe noch nicht einmal zu Ende gesprochen, lachst Du schon wieder, warum?«

»Falsch gewickelt«, verbessere ich ihn ungern, denn er kann sehr unangenehm werden.

»Überlegenheit ist ein tolles Gefühl, oder? Noch einmal lasse ich mich von Dir nicht unterbrechen. Deine Situation wiegt viel zu schwer. Wenn mir jemand sagt, dass ich sterbe, würde ich zerbrechen. Jeden Tag lebst Du in Angst, dass dieser Augenblick Dein letzter war. Natürlich kann ich nachvollziehen, wenn Dich Gefühle belasten. Aber verstehe auch mich, dass es mir nicht immer möglich ist, mich in

Dich hineinzuversetzen. Wenn Du Dich schlecht fühlst, lege Dich hier rein«.

Gizmo deutet auf die Kissen, die mit viel Liebe zusammengestellt wurden.

»Dort lebst Du Gedanken und Gefühle aus, die andere nicht verstehen. Viele sind blind für Dein aktuelles Befinden. In Frottee schüttelst Du Tränen ab und kommst erst wieder raus, wenn Du die Kraft spürst, mit anderen Deine letzte, damit wohl die wertvollste Zeit zu teilen«.

Meine Augen, durchtränkt von Tränen, sehen diesen faszinierenden, außergewöhnlichen Shih Tzu, der – wie ich – viel, nein alles verlieren wird.

Ich liebe ihn für seine mitfühlende und verständnisvolle Art, die nie einen Zweifel daran ließ, dass ich bedingungslos geliebt werde.

»Schieb mich nicht weg von Dir«, bittet er leise, »schon gar nicht zu einem anderen Hund. Wir zwei, das bleibt. Ich bin der ›Reine‹ oder wie der aus Monaco hieß, der nach dem Tod seiner Frau Gracia nie ernsthaft nach einer neuen Liebe gesucht und meinen vollen Respekt hat«.

Mir wird erst jetzt bewusst, dass wir bei unserer Mission ›Schilder-Deutung‹ nur zu dritt mit einer riesigen Portion Testosteron unterwegs sind.

»Danke für die Rückzugsoase, die mir geboten wird. Ich werde sie nutzen und Wichtiges festhalten.

Meinen Start in diesen Tag hast Du, mein Freund, gerettet. Komm, wir holen Zorro. Und Paulina, Lina, Daska, Becky, Ziva und wie die Mädels alle heißen«.

Die befürchtete Diskussion bleibt aus und mein Vorschlag weckt lebhaftes Interesse.

»Wir haben Sendepause und die ›Knicks-Pischerer‹ müssen Schilder erklären«.

Zu meinem Erstaunen hat Gizmo meine Idee schnell abgesegnet, da er sich nichts aus anderen Hunden macht.

Er springt mir freudig entgegen.

»Keine Zeit verlieren und die Weibchen für den Freizeitjob variieren«.

»Motivieren, Mo«.

»Beim Ausprobieren, sich blamieren ohne zu korrigieren, das steht nicht für Rüden, Teddy. Da kannst Du mich noch so häufig wässern«.

»Verbessern«.

Endlich, nach einer gefühlten Ewigkeit, lachen wir wieder zusammen.

Grenzenlos ungestört.

Warum plagt mich diese innere Stimme, die mir sagt, ich müsse ›raus, ins Geschehen‹?

Wem tue ich weh?

Wer bleibt zurück?

Ich erinnere mich an den Namen der Zahnärztin unserer ›Mamas‹, die für jedes Problem eine Lösung findet.

Ich muss zu ihr.

Hat das was von ›ein Hund dreht ab‹?

Ich will alles probieren, aber keinem zur Last fallen.

Kennst Du die Folgen von ›Rita‹ oder Comedy im Allgemeinen? Ich weiß nicht, ob ich diese Klasse besitze, Menschen zu unterhalten. Mir reicht es, wenn sich keiner meinetwegen schämt.

Ich gehe zu dieser Zahnärztin, die Wunder vollbringt. Hoffentlich merkt sie nicht, dass ich ein Vierbeiner bin.

Dr. Annika Schelwis

Zahnärztin fürs Herz

Staub liegt in der Luft.

Ich sitze auf einer kalten Mauer, die ich kenne vom Warten, wenn unsere Frauchen ihre Zahnarzttermine und die Prophylaxe wahrnehmen.

Mein Herz schreit nach Annika, nicht nach Arnika. Egal, ob sie als Begnadete in anderen Ländern gilt (sie hat Großes vollbracht) oder als Siegesgöttin, für mich wird sie in die Geschichte eingehen.

Annika rettet Teddy.

Ich versuche, die Schilder zu lesen, doch die Buchstaben verschwimmen.

Warum weine ich jetzt?

Weil ich die Schmerzen nicht aushalte oder weil dieser Besuch meine letzte Hoffnung ist, gerettet zu werden?

Ich will nicht hören, dass (auch) sie mir nicht helfen kann.

Nur eine fragile Linie verbindet Himmel und Erde, während alles in der Ferne hinter einem trüben Grau verschwindet.

Einige Menschen eilen an mir vorbei, ohne den kleinen Terrier zu bemerken. Ihre Stimmen erreichen mich, wenn überhaupt, nur gedämpft. So muss das Gefühl bei einem Hörsturz sein.

Ich wische mir über die Augen und blicke noch einmal auf die fest verankerten Schilder. Eine Gemeinschaftspraxis im Untergeschoss, und … endlich.

›Sie‹ ist dabei.

Erstes Stockwerk?

Zahnärztinnen und Zahnärzte im ›Garberscenter[5]‹.

Frau Dr. Annika Schelwis.

Ich erinnere mich an die Lobeshymnen meiner Frauchen über ihre Einsätze im Ausland.

Förderprogramme?

Wieder bin ich zutiefst beeindruckt. Wie trete ich einer so starken Frau gegenüber?

Eine Künstlerin, die ihr Fachgebiet meisterhaft beherrscht.

Klingt wie eine Eintrittskarte für eine verlängerte Zukunft. Ich sehe zwei Zahnarzthelferinnen, die mir bekannt vorkommen. Sie sprechen leise, fast flüsternd, als könnten Worte etwas zerbrechen, das noch in der Schwebe ist.

Es klingt nicht nach einem Abschiedslied.

Schnell flitze ich mit ihnen erst durch den Hauseingang und dann durch die Praxistür.

---

[5] https://zahnaerzte-im-garberscenter.de/

Ich kann es mir nicht erlauben, auf die Patienten an der Rezeption vor mir Rücksicht zu nehmen, also gehe ich ins Zimmer eins.

Abgesehen von dem riesigen Stuhl, der in mir Unbehagen auslöst, gefällt mir das Ambiente besser als das meiner Tierklinik.

Pfötchen für Pfötchen ziehe ich mich am gefürchteten Zahnarztstuhl hoch, bis ich meinen Platz erobert habe.

Ohne Unterstützung und Heilung werde ich diesen Ort nicht verlassen.

Warum kommt niemand?

Die Aufregung treibt meinen Puls in die Höhe. Um mich abzulenken, sehe ich mich um.

Hier steht ein Computer, dort hängt ein Monitor an der Wand, und auf dem Schrank drüben liegen kleine Geräte. Trotz des Weißkitteleffekts, der mir Angst bereitet, fehlt mir die herbeigesehnte ›Smiley-Designerin‹.

Erlösende Schritte auf dem Flur nähern sich.

Nur eine Koryphäe bewegt sich so.

»Was macht der Hund auf dem Stuhl?«

Sie erreicht mich mit ihrem strahlenden Lächeln und sieben Wörtern auf Anhieb.

»Frau Annika«, bringe ich stammelnd hervor, »ich bitte Sie um Unterstützung. Ich schaffe es nicht mehr allein. Vor kurzem hatte ich eine OP. Sie kennen die Abkürzung. Ich erhielt eine Narkose, und bei mir wurden einige Zähne entfernt, die stark vereitert waren. Es ist mir unangenehm, darüber zu sprechen, weil Sie für Zahnerhalt stehen, den ich mit meinen Pfötchen beklatsche. Da greift gleich wieder ein stolzes Gefühl, dass mir einige geblieben sind, aber sie werden aktuell von einem ›Turm im Ohr‹ zerdrückt«.

»Ein Tumor?« erkundigt sie sich.

Bereits mit ihrer Stimme fasziniert sie mich.

»Exakt. ›Auf-Kiefer-Beißer‹ oder ›Plattenepithel-Teufel‹. Bitte mach das weg. Bitte«.

Mein ganzer Körper zittert, und ich habe nicht einmal gemerkt, dass ich ins vertraute Du gewechselt habe. Weg sind alle guten Vorsätze meiner Erziehung.

Geht es hier nicht um so viel mehr?

»Mache was, bitte mach irgendetwas«, flehe ich diese tolle Frau an.

Ich bin nicht auf Wirkung aus, aber ich spüre eine Empathie, die mir helfen könnte.

Dass mich dieses Gefühl streichelt, ist für mich der Beginn einer Behandlung.

Weshalb verlangt sie nach einem Telefon?

»Ich rufe Deine Frauchen an und lasse Dich abholen. Ruhe Dich zu Hause aus, bitte«.

Obwohl ich mich angesichts der gewünschten Hilfe zusammenreißen sollte, schreie ich wütend drauflos.

»Echt jetzt? Verdiene ich es in Deinen Augen, fallen gelassen zu werden? Mein Weg führte stundenlang kreuz und quer durch Wälder, bis ich Deine Praxis erreichte. Getrieben durch eine Kraft, die ich lange nicht mehr aktivieren konnte. Ohne Deine Unterstützung verliere ich alles«.

»Teddy?«

Woher kennt sie meinen Namen? Vermutlich war ich Thema bei einem der letzten Arztbesuche von ›Mama Panik‹.

»Teddy? Hör mir zu. Wenn ich könnte, würde ich Dir an Ort und Stelle alle Schmerzen nehmen. Meinst Du, es lässt mich kalt, einen kleinen verzweifelten Hund enttäuschen zu müssen? Das Plattenepithelkarzinom, das gestreut hat, ist zu fortgeschritten für eine Operation, die Erfolg verspricht. Dein Frauchen hat mir unter Tränen Deine Geschichte erzählt. Hinter Dir steht eine Familie, die Prioritäten für Dich ändert, jeden Tag mit Dir als was Besonderes erlebt, Dich palliativ begleitet und Dich und Deinen kleinen Kumpel liebt. Bitte akzeptiere, dass ich aus Deinem Leid kein Spiel mache und schon gar nicht herumexperimentiere. Vielleicht hätte ein anderer sich an das Unmöglich herangewagt, Dir einen Schutz um den Hals gelegt und gesagt ›mach den Mund auf‹. Würdest Du Zeit gewinnen oder eine Hoffnung aufbauen, die Du jeden Tag in Zweifel ziehst, weil die Schmerzen schlimmer werden? Deine Zunge, die restlichen Zähne und dieses schreckliche Ding musst Du mir nicht zeigen und doch weiß ich, was Du durchmachst. Ich bin ehrlich. Investiere die Zeit, die Dir bleibt, nicht in falschen Optimismus«.

Weinend sacke ich mit meinem Kopf auf ihren Unterarm.

»Ich will nicht sterben, Dr. Annika«.

Gern lasse ich mir die Augen mit einem weichen Tuch von dieser großartigen Frau trocknen.

»Dein Name hat etwas von Anker. Steht das für ewige Treue? Bleibe Dir bitte immer treu«.

Glaubte ich bis heute, der Meister im Reden zu sein, zeigt sie mir, wie man mit dem Herzen antwortet.

»Der Anker steht für Freiheit und ebenso für Aufbruch. Du wirst (D)ein Paradies finden«.

Die anfängliche Aufregung schwindet, doch ich spüre mich kaum noch.

»Bleibt mein Besuch in Deiner Praxis unser Geheimnis?«

»Wenn Du mir versprichst, keine Angst vor dem Danach zu haben«.

»Ich habe viel zu viel davon. Angst macht kaputt, oder?«

»Du bist klug, Teddy, und Du weißt definitiv, wie sich Furcht anfühlt. Deine Familie ist krank vor Sorge um Dich, während Du mit mir ein stilles Abkommen treffen willst. Es gibt wichtigere Pläne. Ich stelle eine Mitarbeiterin frei, die Dich sicher nach Hause bringt, bevor die nächsten Drähte in Deinem Gehirn arbeiten«, lacht sie.

»Was erfährt meine Familie über meinen Ausflug, wenn ich aus- oder abgeliefert werde?«

»Jeder, ob Hund, ob Mensch, braucht Auszeiten. Du warst spazieren; völlig allein. Dunja, eine meiner Mitarbeiterinnen, hat Dich gesehen und unbeschadet nach Hause gebracht«.

»Unbeschadet ist gut« meldet sich mein Zentrum für Unterhaltung. Ich lasse mich auf den Boden runter und laufe zur sympathischen ›Teddy-Taxi-Fahrerin‹.

»Danke«, wende ich mich zum letzten Mal an diese einfühlsame Ärztin.

»Als ich hergekommen bin, war mir nicht klar, was mich erwartet. Meine Familie schwärmte von den guten Behandlungen und mir schoss der Gedanke durch den Kopf, dass nur Du mich heilen kannst.

Zu Hause entfällt die Frage, die ich mir zuvor oft gestellt habe, nämlich ob irgendetwas von dem, was ich tue oder denke, diese Erde unter meinen Füßen verändern kann. Oder ob ich längst zu einem Teil dieser Landschaft geworden bin, so fest verwurzelt wie der große Baum am Parkplatz. Warum bist Du nicht ›Herz‹- oder Augenärztin geworden? Mein Herz hast Du im Sturm erobert und mir nebenher die Augen geöffnet. Dein Trost bleibt nicht die einzige Erinnerung an Dich«.

Wir schauen uns lange an.

Ich werde diese Frau und ihre offene, ehrliche Art niemals vergessen und sie noch oft vor mir sehen, ihr Gesicht im Licht der Praxisräume.

Es war kein großer Knall, der mich von einer falschen Vorstellung erlöste.

Vielmehr genieße ich, dass Frau Dr. Schelwis mich sensibilisiert hat für ein ›Es-kommt-noch-was‹, ein ›Danach‹, das Aufstehen, das Weitergehen, als hätte die Welt beschlossen, dass nichts Schlimmes, nur was Neues passiert, das alles anders macht.

Dr. Tamme ›to go‹

›Best-Peter‹

Hier treffe ich auf einen, der es ›faustdick hinter den Ohren‹ hat, und es handelt sich bei meiner Meinung um ein unbezahlbares, weil emotionales, Kompliment.

Ich habe Erfahrung darin, schlaflose Nächte zu überstehen, ohne andere zu stören oder sie wachzurütteln.

Mein Schicksal machte innerhalb kürzester Zeit aus mir einen Profi. Auf der Habenseite sind meine traurigen Gefühle auf einhundert Prozent gestiegen.

Wie soll ich neue Informationen verarbeiten, die mich unerwartet treffen?

›Peter?‹

Das kennst auch Du.

Das Gespräch mit der charmanten Zahnärztin Dr. Annika Schelwis, ich glaube, sie hat – neben Dir - in der halben Welt einen einzigartigen Eindruck hinterlassen – und bei mir den größten.

Ihr Zwei bestimmt meine Gedanken.

Annika (ich darf sie duzen, wir sind uns seit einer der wichtigsten Momente in meinem Leben nah) hätte ich allein schon wegen ihrer Art, mit mir zu reden und mit mir in Kontakt zu treten, vom Zahnarztstuhl sofort zum Traualtar geführt.

Wann hat mich das letzte Mal jemand so bewegt?

Sie hat es geschafft und ich bin bei dem ›Terminator für Schmerztherapie‹ an der richtigen Stelle, um das Gefühl zu wiederholen.

Was die Krebsprognose betrifft, gebe ich nach, aber nicht auf.

Unsere Frauchen besuchen seit vielen Jahren eine renommierte Neuromodulationspraxis, die als beste Anlaufstelle für alle gilt, die ernsthaft nach Hilfe suchen. Denen es geht, wie mir. Jammern kann jeder, und nach Entpflichtung, mit Rentenwunsch oder Krankschreibung suchen viele.

Aber ich werde sterben.

Langsam gehen mir die Worte aus, weil alles zu viel nach Selbstmitleid klingt. Dass ich aber täglich mit neuen Beschwerden konfrontiert wird, macht es nicht leichter.

Im Mittelpunkt steht nicht nur meine Heilung, sondern auch die Begegnung mit diesem Mann, von dem meine Familie schwärmt, er hätte sie gerettet.

Wenn ich einem Schmerztherapeuten die Pfote gebe und ihn bitte, mir die Beschwerden zu nehmen und mich zu heilen, klingt es für Außenstehende wie ein Wunsch von Kindern. Hundefreunde wissen hingegen, dass wir ein vollwertiges Familienmitglied sind.

Wie lautet der Name dieses einzigartigen, regionalen ›Dr. House‹?

Ist sein Nachname ›Dr. Tamtam‹, oder verwechsle ich den Namen mit einem Navigationssystem? ›Mama Panik‹ erwähnte ›Tamme McDrive‹. Zum Totlachen, wenn es nicht etliche Menschen gäbe, die dringend Hilfe benötigen, und die Ärzte an und über ihre Grenzen gehen, um Kranken effektiv zu helfen.

Injektionen im Vorbeifahren, weil die Zahl der Hilfesuchenden steigt?

Es ist traurig, aber bittere Realität.

Menschen aus allen Regionen kommen, um sich von ›Best Peter‹ behandeln zu lassen.

Wie verschaffe ich mir Gehör bei dem, nach dem alle schreien?

Der Schmerzfragebogen, der den ersten Pfoten-Schlag zur Behandlung darstellt, ist eine Hürde, an der ich fast verzweifle. Aber welcher Mann heißt ›Teddy‹?

Das Jahr meiner Geburt? 2011. Ernsthaft?

Infolgedessen habe ich die Dreizehn erreicht. Die Anatomie spielt da nicht mit.

Wo wird ein Zugang zu meinen Gefäßen gelegt?

Viele sagen mir nach, ein ›West-Highland-White-Terrier von Welt‹ zu sein.

Gut geflunkert, Teddy.

Ich bin etwas Besonderes in Deutschland und Europa.

Es tut mir leid, dass ich nicht mehr der nette Typ von nebenan bin, was in einer Welt, die von US-Präsidentschaftswahlen und Kriegen in anderen Ländern dominiert wird, klar untergeht.

Nett bedeutet nicht unkritisch.

Ich zähle mich zu einer Minderheit der weißen Terrier, weil unsere Rasse nicht mehr ›der Mode‹ der 1980er entspricht. Im Influencer-Stil und -Jargon bin ich kein Must-have.

Ich könnte heulen.

Viele Menschen träumen von Hunden, die in eine Handtasche passen.

Muss ein Hund mit Swarovski-Steinen geschmückt werden, um einem Status zu entsprechen, den andere liken?

In Großstädten gibt es tatsächlich Läden, die für kleine Hunde Möbel herstellen, in allen Variationen, mit und ohne ›Schischi‹. Hallo Welt? Meinst Du das ernst?

Dreck ist toll, und ich grabe mich hindurch.

Mindestens einmal teilt sich jeder, der seinen Fellfreund liebt, mit ihm dieses gesamte Drecksammelsurium. Ich bin einfallsreich und werde das Ticket in meine bevorzugte Praxis mit Pfötchen und Verstand erkämpfen.

»Mama?«

»Wo genau seid Ihr, wenn in regelmäßigen Abständen von einem ›Genuss über Kanüle‹ die Rede ist?«

»Trinkt Ihr?«

Ich hoffe auf ein Abnicken.

»Seit es Cannabis auf Rezept gibt, habe ich Angst«.

Während ›Mama Perfekt‹ lacht, hofft ›Mama Panik‹, nach der Behandlung, schlafen zu dürfen.

Manchmal wirkt sie toxisch, wenn sie ihren Schwindel, sorry, ihren ›Schwankschwindel‹ Laien erklären will.

Ich bin davon ausgegangen, dass Erwachsene sich tagsüber nicht hinlegen, gut, vielleicht weil ihr kleines Kind ohne die Nähe nicht einschläft oder weil eben doch Alkohol bei den Großen eine Rolle spielt.

»Ich empfinde eine beängstigende ›Atomnot‹ und benötige dringend Spritzen«.

»Du redest von Herrn Dr. Tamme«, schlussfolgert ausgerechnet die ›Durchblick-Legasthenikerin Mama Panik‹. »Tiere behandelt er nicht«.

Echt jetzt?

Meine Familie hat mich dreizehn Jahre lang nie wie ein Tier behandelt.

Bis heute.

»Ich bin müde«.

Mit dem Wort, das ich mir einpräge, lege ich mich ins Körbchen.

Tamme.

Dr. Tamme.

Dr. Tamme McDrive.

Achtlos herumliegende Smartphones in diesem Haushalt sind fraglos freigegeben, und ich finde die Schmerzpraxis schnell.

Dieser Mann besticht nicht nur durch das Konzept auf seiner Homepage.

Er sieht verdammt gut aus.

Sein Beruf ist ›Spritzengeber‹?

›Mama Panik‹ hatte nach einem Besuch, in dem er sagte, nicht in Rente gehen zu können, weil Spritzen das Einzige seien, was er beherrsche, ihren Spaß.

Nun lese ich etwas über einen Mikrobiologen. Berufsbegleitend studierte er Religionswissenschaften und Medizin. Immunchemische Doktorarbeit (Magna cum laude). Facharztausbildung zur Anästhesiologie.

Das stemmt keiner allein.

Viele Praxen fusionierten zu medizinischen Versorgungszentren, und dieser Knorke-Typ meistert alles völlig allein.

Besonders beeindruckt bin ich von seiner ärztlichen Leitung von vierundzwanzig transkontinentalen deutschen Rettungseinsätzen in Asien und Afrika.

Seine Auszeichnungen und Mitgliedschaften lesen sich wie schwer erreichbare Rekorde im Guinness-Buch.

Halt.

Neben vielen fachlichen Qualifikationen und Belobigungen, die ich ihm nicht abspreche, steht etwas von Palliativmedizin.

Endlich bin ich auf dem Weg, den ich für richtig halte.

Ein virtueller Rundgang durch eine ›Wau-Wow-Praxis‹ mit zeitgemäßer Einrichtung und freundlichen Farben ist in meinen Augen wie ein Wellnessurlaub.

Wie erreiche ich mein Ziel, also die Adresse von diesem Peter ›im Pressum[6]‹?

Noch viel wichtiger: Unter welchem Vorwand lässt man mich in dieses schöne gelbe Zimmer zu ›KaRa‹?

Das ist die Arzthelferin mit der Lizenz zum Stechen, deren Namen ich ab und zu gehört und nicht wieder vergessen habe. Ich will Karina kennenlernen.

Unabhängig davon wird der ›Kader vom Goliath Dr. Tamme‹ gelobt, auch wenn es in meinen Augen für eine Laudatio noch viel zu früh ist.

Erst einmal warte ich auf alle Klugscheißer, die mir ›KI-Generatoren‹ vorschlagen, und auf ihre Ratschläge, Füllwörter herauszunehmen, um einem flüssigen Lese-Stil gerecht zu werden.

Das Wichtigste überhaupt ist die Aufrechterhaltung eines Spannungsbogens, der bereits gegeben ist, sobald man auf ›Best-Peter‹ trifft. Mein erstes Buch, in dem mir ein toller Mann die schwierigste Aufgabe abnimmt. Dramatische Momente biete ich mühelos jedem, und ich schreibe dieses Abschiedsbuch für alle, die noch bereit sind zu fühlen.

---

[6] https://www.die-schmerzpraxis.de/
https://unternehmen.focus.de/brainswitch.html

Ein kleiner, weißer und sehr trauriger Kerl steht hier, der leben will, während ihm eine Krankheit mit breitem Grinsen im Weg steht.

Es muss doch in meinen Pfötchen liegen, das Licht für mich auszumachen.

Wann und woran bemerke ich, dass sich der Wind dreht?

Ich sitze hier und rede mir weiterhin ein, dass ich das Recht habe, über mein Leben zu entscheiden.

Von einem Tumor zerfressen, bilde ich mir ein, die kleinen Chancen auf Heilung beeinflussen zu dürfen.

Bin ich verrückt?

Dem Leben entrückt?

Wenn ich mich auf die Hinterbeine stelle und einen weißen Kittel anziehe, bin ich noch immer weit entfernt von einem stattlichen und staatlich anerkannten Arzt.

Kann ich mich als Arzt im Praktikum vorstellen, ohne dass der Doktor der Superlative meine Vita und Bewerbung anzweifelt?

Ich schaue auf das Foto von ›Doc Tamme‹.

Seine Ausstrahlung, die gewaltige Präsenz und eine Körperhaltung, die mir fehlt.

Nein, der ›Mann von Welt‹ ist nicht leicht zu täuschen.

Bis morgen muss ein bzw. mein Plan stehen.

»Moin, Harald West aus Hundburg«.

»Aus Hamburg? Ich verstehe sie wirklich schlecht«.

»Ich bin erkältet«, entschuldige ich mich für meine viel zu künstlich verstellte Stimme mithilfe eines Tuches. »Ihre Praxis steht im Fokus einer Restaurantprüfung«.

»Einer was?«

»Eine Prüfung, die Ihnen nun wirklich etwas sagen müsste. Sie werden behördlich überprüft. Von der Ärztekammer oder so ähnlich«.

»Unser Arzt ist ein hervorragender Mediziner und steht oft im Mittelpunkt, aber nicht im Gastro-Bereich«.

»Lassen Sie mich doch mal ausreden«.

Allmählich steigt meine Anspannung, und mein Rededrang ist nicht aufzuhalten.

»Blind-treatment«.

Mit Stolz spreche ich das schwere Wort richtig aus, zumindest kommt keine Nachfrage.

»Sind Sie noch dran?«

»Es war doch Ihr Wunsch, dass ich Sie nicht unterbreche. Ich höre zu«.

Der erste Eindruck sagt mir zu und entspricht genau meinem Stil.

»Wir sind der Überzeugung, dass Herr Dr. Tamme – zusammen mit seinem hochprofessionellen Team – der geeignete Ansprechpartner ist. Wir bitten für einen guten Zweck um vielleicht eine Stunde der wertvollen Behandlungszeit vom Schmerztherapeuten, den, das wissen wir, alle im Umkreis von mehreren hunderten Kilometern aufsuchen. In Anbetracht, dass uns nicht jegliche Optionen zur Verfügung stehen, ist es fast vermessen, darum zu bitten, dass der Arzt und alle anwesenden Mitarbeiter mit verbundenen Augen arbeiten«.

»Darf ich kurz unterbrechen? Worüber reden wir hier im Detail?«

»Award. Einige Arztpraxen kämpfen über Monate um eine Teilnahme. Ich erwähnte es schon: blinde Behandlung. Sie müssen dann zuhören, wenn es um wichtige Details geht. Wir von der ›Blind Vision Jury‹ (was rede ich nur für einen Mist), wünschen eine Bestätigung unseres Eindruckes, dass Sie in der Schmerzpraxis das Potenzial haben, selbst mit geschlossenen Augen die bestmögliche Therapie anzubieten«.

»Warten Sie, ich frage unseren Arzt«.

Warteschleife für einen guten Zweck.

Fünf Minuten, acht, zehn, fünfzehn.

»Hören Sie? Unser Chef zieht Patient:innen der Bürokratie vor, und er ist nicht bereit, von langer Hand vereinbarte Termine nach hinten zu verlegen.

Nächste Woche schließen wir unsere Praxis für einen lang ersehnten Erholungsurlaub, und wir haben schmunzelt festgestellt, dass sich derjenige anbietet, der am meisten Erholung braucht. Unser Dr. Tamme bietet Ihnen Freitag an, da er an diesem Tag wegen Abrechnungen vor Ort sein wird. Wie viele Personen darf ich einplanen?

Oje, wie verwandle ich ›Mama Panik‹ und ›Mama Perfekt‹ in zwei Laborratten, die zum blinden Angriff freigegeben sind?

»Wir sind zu dritt. Danke an ›Best-Peter‹«.

»Ach, Sie kennen sich?«

Noch nicht, denke ich.

»Nein, ich sagte Danke und bis später«.

›Krabumms‹ ist inzwischen jedem ein Begriff.

In Rage donnere ich das Handy gegen die Wand.

Wie kann man sich so dumm anstellen?

Abgesehen davon, dass ich nicht eigenständig auf eine Behandlungsliege komme, werde ich aufgrund der Schmerzen nicht in der Lage sein, mein Schmatzen durch den Tumor und das leise Fiepen zu unterbinden.

Wenn er mich enttarnt, kriege ich keine zweite Chance und meine Frauchen eine Menge Ärger.

Er opfert einen ganzen Urlaubstag.

Ich könnte mich ohrfeigen für den ›Quark im Kopf‹, der nicht krebsbedingt ist.

»Gizmo?«

In meiner Verzweiflung schreie ich nach meinem Kumpel, der mir helfen muss.

Wird er doch, oder?

Natürlich erfährt er nicht jede Einzelheit, aber in der Regel erkennt er mein Dilemma, ohne dass es viel Erklärungen bedarf.

»Rücke die E-Mail-Adresse raus, Teddy«.

»Ich weiß nicht, ob er überhaupt eine hat, weil ich mich nur auf meine Heilung konzentriere. Praxis heißt Öffentlichkeit, stimmt's? Ich war nur auf seiner Website. Ich habe keine Daten, ich bin fertig. Hilf mir bitte«.

Tränen laufen über mein Gesicht.

Früher war ich stark und unbesiegbar. Jetzt bringe ich selbst die leichtesten Wörter nicht heraus, bis mich die Kuschelstimme meines Freundes beruhigt.

»Ruhe Dich aus, mein Held. Rate mal, wer Dir hilft?«

Leise stehe ich auf, um mich zurückzuziehen, dankbar für diejenigen, die mich auch mit meiner Schwäche lieben.

Welcher Tag ist heute?

Nach vier Stunden Schlaf bin ich völlig durcheinander und suche im Haus erfolglos nach einem Hinweis, der Fakten schafft.

Stattdessen finde ich an der Vordertür einen kleinen Hinweis: ›Wir begleiten Dich Freitag‹.

Darunter: ›Gizmo hat sich um alles gekümmert. Wir sind kurz draußen‹.

Langsam komme ich zu mir.

Der ›Award‹ bei Dr. Tamme ist meiner.

Währenddessen sehe ich mir die Nachricht auf dem Tablet an.

Nein, Gizmo, das ist nicht wahr, oder?

Hallo, ›Sir Tamme‹

Mein Proband hasst Körperkontakt. Angefasst zu werden, löst Ekel in ihm aus, und er redet mit niemandem, ergo: nicht mit Ihnen. Er gehört zu den ›Minis‹ und ist schier unbeweglich. Finden Sie eine Methode zur Behandlung am Boden?

Mit freundlichen Grüßen

Der ›Best Dog Award‹-Verwaltungsrat

Kleinwuchs und Bodenniveau?

Mo ist verrückt, und ich springe auf, als er mit den anderen durch die Tür kommt.

»Best Dog Award?«, schreie ich den Kleinen viel zu schroff an. Und feuere auf unfaire Weise nach, was ich mit meiner Hilflosigkeit später eventuell noch entschuldigen darf.

»Das heißt Doc, Gizmo. ›D‹ ›O‹ und ›C‹ wie clever.«

Friedfertig und mit eingezogenem Kopf erklärt er, dass es im Fernsehen mit einem ›G‹ geschrieben wird.

»Der Arzt, der mir helfen kann, praktiziert aber nicht im TV«.

»Ich wollte Dir helfen«.

Traurig wendet sich der Hund von mir ab, der sich am meisten um mich sorgt, mir Ruhephasen verschafft und mir neulich den Hintern gerettet hat.

Tränen, Tränen und noch mehr Tränen.

Durch diese Krankheit werde ich zu einem Stänkerer, wirke unsympathisch, zeige Befangenheit und bin nicht mehr in der Lage, zwischen Gut und Böse zu unterscheiden.

Ich hasse mich im ›Leben dazwischen‹.

Freitag, der Tag, an dem sich alles verändert.

Auf dem Parkplatz fragen mich meine Frauchen, wie ich mir die Behandlung vorstelle und was ich von einer neuen Medikation erwarte? Placebos bieten keine Alternative in der palliativen Behandlung zum Lindern unerträglicher Schmerzen.

»Pla…, was? Ich bekomme Opioide gegen die Schmerzen im Kopf, die ich nicht aushalte«.

Zum ersten Mal begreife ich meine absurde und undurchdachte Idee.

Bereits eingestellt auf hochwirksame Schmerzmittel, hoffe ich auf das große Wunder?

Meine Frauchen schwärmen von der Empathie und Aura ihres Dr. Tamme und seiner Professionalität, nicht blind mit gängigen Pharmaka herumzuhantieren.

Abgelenkt von der Schönheit eines atemberaubenden Oldtimers, werfe ich meine Bedenken über Bord.

»Da drüben steht der grüne Jaguar«.

Gizmo, sichtlich nervös, will zurück ins Auto.

»Panthera onca? Die Wildkatze?«

»Beruhige Dich, ängstlicher Zwerg. Ich spreche vom Auto des Doc ›mit C‹. Sei still, jetzt wird's ernst«.

Im zweiten Stock beginnt eine ›Shih Tzu-fiktive Revolution‹.

›Doc Tamme‹ verkörpert fünf bis sechs Fachärzte in einem, der jedes medizinische Problem löst und Ungewöhnliches nicht ablehnt, wenn er es als Facharzt nicht geprüft hat.

Kein Schmerztherapeut würde einen todgeweihten Hund behandeln.

Die Tür öffnet sich und mein Herz springt fast aus meiner Brust.

Obwohl der Mann auf dem Foto maskiert ist, erkenne ich ihn und laufe begeistert zwischen seinen Beinen hindurch in einen der Behandlungsräume, deren Farben mich beruhigen.

Die moderne Gestaltung fasziniert mich, und ich erkenne viel zu spät das Problem, über das ich zuvor nicht nachgedacht habe.

»Wie kann ich helfen?«

Keiner von uns darf sprechen.

Nicht einmal zur Begrüßung?

Der ›Mann in Weiß‹ steht im Flur, wartet auf eine Antwort und versucht es erneut.

»Sie sind von der ›Blind Vision Jury‹ oder die angekündigten Probanden?«

›Mama Panik‹ macht mit der Hand ein Zeichen, dass Schweigen angesagt ist, und führt den Arzt am Arm zu mir, drückt leicht auf seine Schultern zum Hinhocken und legt das Spritzen-Equipment neben seinen Füßen ab.

In mir kriecht Angst hoch.

Alle vertrauen diesem Arzt.

Was, wenn er sich verspritzt?

»Mir wurde blindes Injizieren in die Wiege gelegt, aber das bedeutet nicht, dass ich auf den verbalen Austausch zwischen Arzt und Patient:innen verzichte. Sofern Sie hier noch herausgehen können, werden Sie wieder reden. Die Schreie, die jeden befreien, müssen raus. Ich bin kein netter Onkel, Quälen gehört zu meinem Leben«.

Hier blitzt der Humor auf, den meine Frauchen an diesem Mann lieben. Noch regungslos folge ich jedem seiner Worte.

»Bist Du dieser Lütte, der Berührungen vermeidet? Ich benutze eine große, lange Nadel, um den Abstand zu vergrößern; diese verursacht nur ein wenig mehr Schmerz«.

Als ich das Stück sehe, mit dem er praktiziert, überkommt mich Panik.

»Wenn man mit mir spricht, wähle ich zuerst den Wicht«, singt der ›Weißkittel‹ vor sich hin und wirkt recht amüsiert.

»Wenn der Tamme sticht, bis die Spritze bricht, muss der Patient was wagen und sagen, was der ›Best-Peter‹ verbessern kann, dann wird er zu diesem herbeigesehnten Mann«.

Ich verfluche mich und meine feige Art.

Wäre ich mit ehrlichen Absichten als Facility-Manager oder IT-Spezialist hier erschienen, hätte nebenbei von meinem Tumor erzählt und um eine Chance gebeten, die ich gerade in den Sand setze, hätte ich gewonnen.

»Riechen Sie das auch? Unübliche Flatulenz. Ach, ich vergaß, dass niemand mit mir spricht«, höre ich ihn, ohne die Message zu verstehen.

Er streckt seine Hand nach mir aus, und entgegen meiner Befürchtung, leiden zu müssen, massiert dieser beeindruckende Typ meinen Bauch sanft wie von einer Feder getragen.

»Das hilft gegen Blähungen, Teddy. Bei Deinen Sorgen, die schwerer wiegen, und den Schmerzen kann ich Dir nicht helfen, so sehr ich es wollte. Ich bin kein ›Dog-Doc‹.«

»Siehst Du?«, ruft mein Freund, »man kann ›Dog und Doc‹ schreiben. Wie haben Sie gemerkt, dass es sich um meinen Freund handelt, den ich um nichts auf der Welt loslassen will, obwohl er für Sie nur ein Hund ist?«

»Ich wusste sofort, dass es sich um eine ganz große Nummer handelt. Nun kommt der Zweite hinzu und stellt lebenswichtige Fragen. Selten habe ich so viel Liebe gespürt und würde mir nicht verzeihen, Euch nicht gleichwertig zu behandeln wie jeden Menschen«.

Mein Besuch hat letztlich meine Erwartungen übertroffen.

›Bewiker Quartett‹

Dibo und Shorty vs. Becky

»Moin, Dicker. Wie läuft's bei Dir?«

Gizmo sprüht vor Energie, während ich immer mehr Beschwerden aufaddiere. Ein stechender Schmerz in der Brust und bohrende Schmerzen im Kiefer bilden zusammen mit geschwollenen Lymphknoten ein schreckliches Gesamtbild.

»Bestens,« antworte ich und wiege meinen Freund in trügerischer Sicherheit.

»Erzähl mal, was hast Du geplant?«

Das Fell an seinen Vorderpfoten ist schwarz.

»Mit dem Stift«. Ich bin gezwungen das hinzuzufügen, bevor noch Schlimmeres passiert.

Er legt sich flach auf den Boden und stützt seinen Kopf auf meine Beine, als würde ich das ganze Ausmaß seiner Probleme nicht sehen.

»Brubbel, brabbel, fertig«.

»Steh auf, dann redet es sich besser«.

Langsam erhebt er sich.

»Ich vermisse Shorty, aber angesichts Deines ›Herz(z)ensschön‹ schlucke ich mein Ego runter. Wenn jemand weiß, dass ich nicht im Mittelpunkt stehen muss, dann bist Du das«.

Shorty ist ein älterer, sehr hübscher Kater aus der Nachbarschaft, in den sich mein Freund schlagartig verliebt hat, und es handelt sich nicht nur um eine Schwärmerei.

Ich musste ihn wochenlang zu dem Garten begleiten, wo er ›seinen‹ Kater zum ersten Mal sah. Sie beschnupperten sich durch den Zaun, und Gizmo fiept an dieser Stelle, wenn Shorty nicht zu sehen ist, weil dieser die Wärme dem Außenbereich vorzieht.

Mein Interesse gilt eher dem Hund der Familie. Dibo, ein klasse Typ.

»Warum sind Deine Pfoten schwarz?«

»Du kennst das Chaos im heimischen Büro. Da liegt ein dicker Stift, und ich möchte Shorty von meinem Traum erzählen. Aber das beschissene Teil läuft aus, als ich anfangen will zu schreiben«.

»Deinen Traum behalte bitte für Dich. Ich habe eine Idee. Wir müssen Becky einweihen«.

»Na klar, Du musst immer Deine beste Freundin einbeziehen, gönnst mir aber Shorty nicht«.

Diese Sensibilität hat die letzten Tage dominiert, und seine Eifersucht nervt mich, weil sie vollkommen unbegründet ist.

»Los, Krümel-Flummi, es bleibt nicht viel Zeit für Eitelkeiten«.

Ich möchte nicht ständig betonen müssen, dass er mein einziger und wichtigster Lebenspartner ist.

Auf dem Weg zu Becky teile ich ihm meine Pläne mit, die er zustimmend abnickt.

Alles muss bis ins kleinste Detail durchdacht werden. Es tut mir gut, mir Gedanken über etwas anderes zu machen, anstatt ständig über den Tod und die Frage nach dem Warum nachzugrübeln. Ich genieße die Leichtigkeit des Seins, ohne mich an die

Klischees von Postkarten oder Büchern halten zu müssen. Ich gehöre nur mir selbst.

»Hallo, Schpecki«

Gizmo schießt sich viel zu früh ins Aus. Noch haben wir kein Okay von ihr. Er neidet mir die Gefühle von Becky, und ich feiere ihre Antwort.

»Hi ›Mo-Klo‹, hast Du Dich für mich so herausgeputzt? In meinen Farbcharts ist Schwarz die Nummer eins«.

Ich schaue von ihr zu ihm und brauche keine Glaskugel, um vorauszusagen, dass die beiden gleich streiten. Keinen Moment zu früh stelle ich mich dazwischen und lasse die Bombe platzen. Die Ereignisse überschlagen sich, wir sind schlagartig ein Trio, das gemeinsam einen Plan verfolgt.

Gizmo begleitet mich zu Dibo und Shorty, während Beckys Einsatz später wichtig wird.

»Ich weiß nicht, Teddy«.

Dibo befürchtet, dass es Shorty zu viel abverlangt.

»Wirklich nicht stundenlang. Nur eine Straße. Bitte«, flehe ich den größten von uns an, ohne den die Mission ohnehin zum Scheitern verurteilt ist.

»Dir geht's doch auch nicht gut. Ruhe Dich lieber aus«.

»Das ist es ja, Dibo. Habe ich Spaß, geht es mir besser, weil ich nicht über jeden Fehltritt, über Krankheiten und Pläne nachdenke, die ich nicht mehr umsetzen werde. ›Lachtabletten‹ und ›Gröl-Tropfen‹ als lebenserhaltende Pharmaka.«

Endlich erreiche ich ihn.

Als er Shorty holt, stehe ich mit Gizmo vor der Haustür Schmiere, weil Herrchen und Frauchen der beiden vom Einkaufen zurückerwartet werden.

Mein Kumpel und seine Herzen in den Augen, sobald er diesen Kater sieht.

»Kommt, lasst uns keine Zeit verlieren, erst einmal weg von hier«.

Ich laufe vor, glücklich und schmerzfrei.

Auf einer Wiese starten wir unser Vorhaben.

»Dibo? Bleib genau hier auf dem Boden stehen, während ich auf Deinen Rücken springe«.

Gesagt, getan und gescheitert, wenn ich die traurigen Blicke von unten sehe.

Shit. Nahende Schritte versprechen Lösung, und zwei junge Männer heben Shorty auf meinen Rücken und das Leichtgewicht Mo nach ganz oben.

Fertig ist die ›Bewiker Bagage‹.

Dibo läuft sanft los, sodass keiner von uns ins Wanken gerät.

Mehr Spaß geht nicht und wir johlen, als Passanten uns als die Tiergruppe einer Hansestadt ansehen, bis wir von einem ›Polizeihund‹ gestoppt werden.

»Moment«.

Ich bin begeistert, mit welcher Coolness Becky ihre Stimme verstellt.

»Keiner von Ihnen ist angeschnallt«.

»Was für ein Wunder, Miss«, reagiert Dibo ungehalten. »Sind wir auch zu schnell gefahren und das ganz ohne Auto? Ich stimme einem Alkoholtest zu«.

»Nicht nötig. Ich erinnere Sie an den Paragrafen 132 des Strafgesetzbuches, nach dem sie sich schuldig gemacht haben«.

»Amtsanmaßung?«

Die Frage kommt von ganz oben.

Sichtlich nervös knabbert Becky auf ihren Lippen.

Los, jetzt, denke ich, zerstöre nicht unseren Plan.

Und sie kommt tatsächlich aus dem Knick.

»Gut erkannt, Du ungewöhnlicher Hahn«.

Ich will mir nicht ausmalen, wie Gizmo vor Wut platzt.

»Noch eine Frage an den Esel«, wendet sie sich an Dibo.

»Um zuzugeben, dass die Traglast überschritten ist, Ihre Hufe kein Schneesymbol zeigen und der TÜV erneuert werden muss, müssten sie amtlich bestätigen, ein ›Quartett-Van‹ zu sein. Ich gebe mit diesem Hinweis den Weg frei zum Musizieren, und ich drücke beide Augen zu«.

Was weiß Becky nicht?

Als wir mit Dibo und Shorty die Einzelheiten unserer Mission besprechen, schießen wir übers Ziel hinaus und bauen das Ende aus. Viele Hunde in der

Nachbarschaft bräuchten tatsächlich einen Vorredner, der sich der Amtsanmaßung strafbar machen würde, es sei denn … es wird jemand gewählt, der in den Bundestag zieht.

»Kennen Sie die ›DSB-GT‹?« fragt Dibo, der enttarnte ›Esel‹.

»Ich kenne den GTI«.

»Falsch«, mischt sich Shorty ein. Wir Katzen und alle Hunde wünschen sich einen Bürgermeister. Einer, der ansprechbar ist, der sich kümmert, und an den wir uns wenden können«.

»Naives Wunschdenken, das durch Träume trägt? Keiner stellt sich freiwillig dieser undankbaren Aufgabe«.

»Doch, Du falsche Polizistin« schiebt Gizmo dem Szenario einen Riegel vor.

Ich ziehe die Kiste mit den Stimmzetteln hervor, die mir die ganze Zeit das Atmen erschwerte, öffne sie und lasse die Bombe platzen.

»Du hast die absolute Mehrheit, Becky«.

»Wollt Ihr mich verarschen? Ich sollte Euch bei einer Kleinigkeit helfen«.

Wütend zeigt sie auf Gizmo und mich.

»Hieß es nicht, eine Stunde Spaß als Heilmittel für Dich, Teddy? Du weißt, für Dich würde ich fast alles tun, aber nicht kandidieren«.

Wortlos zeigt Gizmo mit einer Pfote auf einen Laternenpfahl, an dem ein Wahlplakat hängt.

Abschaffung der Hundesteuer und Leinenpflicht. Freier Zutritt in Restaurants, Geschäften und öffentlichen Gebäuden ab 25°.

Becky reißt sich die Polizeimütze vom Kopf, hyperventiliert, als sie uns beschimpft und das Plakat zerstört.

»Gefällt es Dir nicht?« will Gizmo wissen, der langsam herunterrutscht, als Dibo sich auf den Boden legt.

Shorty ist der nächste und das Beste kommt zum Schluss, oder?

Vor Lachen halte ich mir den Bauch.

»Komm zu mir, Freundin. Bitte verzeih uns diesen Spaß«.

Noch fluchend lässt sie sich von mir auf die andere Seite des Plakates ziehen, wo wiederum eines hängt.

»Danke für die Überdosis Glück. Ich liebe Euch«.

Aphasie

Ist es nicht schrecklich anstrengend für meine Familie, auf Symptome zu achten und dabei auf welche zu stoßen, die real nicht vorliegen?

Der Tumor bringt mich um den Verstand, wächst stetig und drückt mittlerweile aus dem abscheulichen Ort, an dem er entstanden ist, tief in meine Kiefer-höhle.

Kann ich weitermachen wie bisher? Ganz ehrlich: könntest Du es?

Ich mache es keinem leicht, entziehe mich, sobald meine Familie das Geschirr anlegen will, und verfluche alles, was mir nicht mehr möglich ist und doch immer selbstverständlich war.

Seit geraumer Zeit eitern meine Augen, ich kann nichts Festes fressen und mein Röcheln weckt mich unsanft. Belausche ich Gespräche unserer Frauchen, in denen es nicht darum geht, dass ich zur Belastung werde, spüre ich auf allen Seiten grenzenlose Über-forderung und Hilflosigkeit.

Gizmo und ich treffen uns in der Mitte von Gemeinsamkeiten, und eine davon spiele ich aus, um mich von Tränen, Angst und dieser übermächtigen Ohnmacht abzulenken.

Ich leide nicht, weil Humor mein Lebenselixier bleibt.

Wie gern würde ich meinen Kumpel einweihen, befürchte aber, dass er sich oder mich unabsichtlich verrät.

Umso glücklicher wird er über die schnelle Genesung meiner ›Aphasie‹ sein, die ›durch Metastasen ausgelöst‹ wird.

Ihm und allen, die mich kennen, vorzuspielen, dass mein Sprachzentrum gestört ist, wird nicht einfach.

Ich gelte als ein Sprachperfektionist, der nicht nur die Artgenossen verbessert.

»Wo ist Teddy?«

Dass Gizmo nach mir sucht, obwohl ich seit Wochen die Dunkelheit unter einem Bett suche, tut meiner aufgewühlten Seele gut.

»Ich dränge und fahre vor zu Euch«.

Mein erster Satz in ›Aphasie-Sprache‹ trifft voll ins Schwarze.

»Was hast Du denn? Du sprichst seltsam, unverständlich und verwaschen«.

Als mein Freund wieder traurig schaut, bin ich kurz davor, meinen Schabernack aufzugeben.

Umgekehrt bringt er mich mit seinem Unfug oft an die Schwelle zum Wahnsinn.

Strafe muss sein.

»Mo? Bitte sprich gegen mich, frei, am Tag jetzt, genau, Moment im Früheren bin ich nicht ganz viel krank. Das Gesund tut das. Gutgetan«.

Die viel größere Herausforderung ist es, mich bei den Blicken der anderen zusammenzureißen und ernst zu bleiben; mein Gestammel wird zur Nebensache.

»Meine Beule hinter dem Werkzeug zum Kauen, Ihr kennt das doch, ich war so weit, dies Ding zu spucken«.

Ob das Demenz ist, höre ich ›Mama Perfekt‹ fragen, während ›Mama Panik‹ von einem Schlaganfall ausgeht. Geht es bei der ›Panik-Trulla‹ auch ausnahmsweise harmlos?

»Angefallen hat mir nichts. Geisteskrankheit statt Tumor habe ich gewählt. Tut nicht weh. Kein Trick als Psycho. Mein Körper hineinmacht, mit einem Tupfen aus Pfötchen-Arbeit«.

»Komm mit in das grüne Feld« fordere ich meinen Freund auf.

Im Garten sind wir ungestört.

»Guck, fliegende Federn. Hier ein Spätzle, da ein Flinker«.

»Spatzen und Finken«, werden meine Fehler verbessert.

»Kannst Du wirklich nicht mehr richtig sprechen, Teddy?«

»Angestrengt erforsche ich Worte, mal finden sie mich, mal laufen sie vor mir weg. Mir bleibt kein Fan.

Anhimmeln war, in den Himmel bald. Ich will über Farben gehen, um den Schmerz verlieren zu sehen. Pläne schmieden? Ich zerstückele Zukunft«.

Just in diesem Moment sehe ich, wie sehr Gizmo leidet.

Ich muss wahnsinnig geworden sein.

Seine schlechte gesundheitliche Verfassung weckt mich gerade noch rechtzeitig auf.

Mit allem habe ich gerechnet, nicht aber mit seinem psychischen Zerfall.

Bin ich zu weit gegangen?

Schadensbegrenzung hört sich zu sachlich an, wenn ich bedenke, dass ich seine Seele retten muss.

»Du bist mein Leben«.

Er guckt zurück und holt das Letzte an Worten aus sich heraus.

»Vergib mir, dass ich Dein Sterben nicht ertrage. Ich bin Buddhist und ein tibetischer Hund. In meiner Heimat ist der Tod nichts Schreckliches und gilt als Neubeginn. Ich wäre nie nach Deutschland gekommen, hätte ich gewusst, dass ich die Liebe meines Lebens treffe, aber mitansehen muss, wie diese systematisch zerstört wird von Krebs. Du bleibst mein weißer Krieger, aber bitte verstehe auch mich. Dein Zerfall erschüttert mich. Stück für Stück geht das, was Dich ausmacht und das, in das ich mich verliebt habe, verloren«.

Nie zuvor ist der Kleine schneller ins Haus gerannt, als habe er Angst vor weiteren Erklärungen, mit denen er nichts anzufangen weiß und mit denen er auch nicht ›arbeiten‹ will.

Mein körperlicher Zustand ist zu ertragen und ist nichts gegen diese Schmerzen im Herzen.

Gizmo hat recht, ich bin gebrochen.

Müde schlafe ich auf dem Rasen ein, bis mich Geräusche wecken.

Auf der Terrasse sitzen die, die mein Leben ausmachen.

Buddhismus? Ist diese Religion nicht viel zu weit entfernt von mir? Ich sehe meinen nahenden Tod nicht als Erlösung, ich will bleiben.

Statt mein Schicksal zu betrauern, kriecht die Wut in mir hoch und ich renne schreiend auf die Kaffeetafel zu.

»Witzig macht Ihr Euch? Euer Lachen stört und gestört. Der Bogen vom Regen. Habt Ihr mich reserviert?«.

»Beruhige Dich, Freggle. Wir lachen nicht über Dich«.

»Es gibt auch keinen Grund. Ich beherrsche das Sprechen wie eh und je. Die Idee der Aphasie war eine Laune meiner Depression. Untersteht Euch, mich jetzt zu knuddeln, als sei ich wieder gesund. Ich musste etwas Neues ausprobieren. Anfangs hatte ich richtig Lust, mit Schimpfwörtern, Beleidigungen und wüsten Ausdrücken um mich zu werfen«.

»Wie kommst Du auf Tourette?«.

Diese Frage ist typisch für ›Mama-Pandemie‹, äh ›Mama Panik‹ und ihr psychotherapeutisches Gelabere.

Sie bietet mir eine Vorlage und das ist mein Moment, den ich mir nicht nehmen lasse.

»Tut recht, Syndrom? Spaß beiseite. Ich warne Dich, dass ich Dein fachliches Wissen infrage stelle. Die Störung bezeichnen Mediziner als Koprolalie, was aus dem Griechischen stammt und übersetzt ›Kotsprache‹ oder ähnlich bedeutet. Ich bestehe auf mein Recht, ohne Sinnzusammenhang zu schimpfen«.

»Wie kommst Du auf so einen Schwachsinn?«.

»Bei Dir dreht sich die Welt schneller als Deine Auffassungsgabe, Püppchen. Das sage ich ganz ohne Störungsbild«.

Plötzlich wird alles dunkel um mich herum.

Meine Bewusstlosigkeit, nicht inszeniert, führt mir vor Augen, wie sehr mich diese Krankheit schwächt. Es macht demütig, dass ich andere verletze, weil ich nicht mit meinem eigenen Schicksal umgehen kann.

Zwischen meinen Frauchen auf der Couch liegend, entschuldige ich mich für die alberne Vorstellung, deren Sinn ich, mit Abstand gesehen, auch nicht erkennen kann.

»Ich will nur einfach nicht gehen müssen«.

Weinend schmiege ich mich in die Hände, die mich dreizehn Jahre gehalten, gefüttert und vor allem geliebt haben.

»Warum muss ausgerechnet ich der Erste sein, der unsere Familie verlässt? Ich bin glücklich mit Euch. Warum ich? Verdammt noch mal, warum ich?«.

Lauschangriff

Nach dem Abendessen sitzen unsere Frauchen im Wohnzimmer.

Liegt es an mir, dass sie so einsilbig sind?

Selbst, wenn jemand spricht, erscheint der Raum leer und ohne Bedeutung.

Ich hatte gedacht, es wäre schwieriger, ihnen etwas vorzumachen.

Glauben sie tatsächlich, dass ich mich an den Ort zurückgezogen habe, der mir seit Monaten Sicherheit bietet?

Ausnahmsweise liege ich nicht unter dem Bett.

Der Gedanke lässt mich nicht los, dass sie mir etwas vorspielen. Sie sind nicht ehrlich zu mir.

Für meine Seelenruhe benötige ich die Gewissheit, dass es meiner Familie schwerfällt, mich in der Palliativphase zu begleiten. Diesen ›Abschied auf Raten‹ stelle ich mir vor wie das Herausfliegen aus einer Achterbahn in einem Vergnügungspark.

Hoch, runter. Hoch, runter. Alle kommen lebend raus, versprechen die Experten, die sich für Fahrgeschäfte verantwortlich fühlen.

Diesmal einer nicht.

Wenn mich meine Frauchen nach Hause tragen, weil ich keine Kraft mehr zum Laufen habe, ist nie die Rede davon, dass ich sie belaste. Mir ist bewusst, dass sie viel stärker sind als ich. Wer nimmt ihnen die Angst vor der unausweichlichen Veränderung, die auf uns zukommt?

Werden die drei hier zusammenbleiben, während ich den ›Schritt ins Weiße‹ ganz alleine antrete?

Wenn ich Euch bitte, mich nicht zu ersetzen, ist das ein tiefes Gefühl. Ihr dürft natürlich neu anfangen, Dinge verändern und Euren Alltag runderneuern. Das nennt man wohl Leben.

Ich rede viel mit Gizmo, wir stehen uns näher als siamesische Zwillinge. Mo ohne Eddy geht nicht, und ohne Mo ist Eddy verloren.

Die Tatsache, dass wir knapp zehn Jahre lang Seite an Seite wertvolle Erfahrungen gesammelt haben, erleichtert es meinem Bruder, eine richtungsweisende Entscheidung zu fällen.

Er möchte für sich sein.

Am liebsten würde ich ihn aus Rührung umarmen, aber das würde nach einem übertrieben großen Ego aussehen.

Würde ich im Hinterkopf meines Tzu jemand anderen sehen, wäre ich mit an Sicherheit grenzender Wahrscheinlichkeit eifersüchtig.

Mein Seelenkumpel könnte einen neuen pelzigen Freund treffen, während ich nicht wüsste, ob ich im Vergleich zu diesem neuen Partner besser abschneide.

Es ist gut, dass ich das nicht mitbekomme, denn hinter der Regenbogenbrücke gibt es keine negativen Gefühle.

Das gefällt mir, ebenso die Idee, dass man in irgendeiner Weise verbunden bleibt.

Im Vollbesitz meiner Kräfte sitze ich immer noch hinter einem langen Vorhang und hoffe, dass wenigstens jetzt ein Gespräch zustande kommt.

Es dauert nicht lange.

›Mama Panik‹: »Hast Du sein Zittern bemerkt?«

›Mama Perfekt‹ mahnt, dass die Gassi-Runden nicht zu lang werden.

Weshalb haben sie mich vorhin nicht wenigstens einmal gestreichelt?

Das Wort Zittern wurde mir gegenüber nicht erwähnt. Damit wird doch bereits ihre Unaufrichtigkeit deutlich.

»Morgen machen wir eine kleinere Tour, und sein Buggy kommt mit«.

Der nächste Punkt.

Ich rede mir ein, dass mein neuer schwarzer Rennwagen getunt ist, von dem ich seit Kurzem stolzer Besitzer bin. Schwarz ist in Ordnung, aber ich benötige einen ›Po-Grill‹ und Spionagefolie an der Vorderseite.

Ich will nicht gesehen werden, aber alles im Blick behalten. Coole LED-Lampen sollen meinen Namen in den Himmel schreiben, und meine Musik muss erklingen. Trotz der gewünschten Umbaumaßnahmen sitze ich auf dem Präsentierteller. Ich will sie nicht ernten, diese mitleidigen Blicke, und habe den Buggy heute nicht vermisst.

Fast hätte ich gehustet.

Alter Bursche, reiße Dich zusammen.

Wenn die Großen über den Krebs in mir und seine Auswirkungen sprechen, würde ich am liebsten rufen, dass ich ihn weder mit Tumor noch mit Krebs beschreibe, sondern er mein ›Herz(z)ensschöner‹ ist.

Ihre Überforderung spüre ich deutlich und große Ratlosigkeit.

Vor drei Wochen saß ich, entgegen dem Versprechen, mir keine weiteren Arztbesuche zuzumuten, wieder auf dem Behandlungstisch in der Tierklinik. Ich hätte keine unterlassene Hilfeleistung angeklagt.

Die Entzündung im zweiten Auge ist bei weitem nicht so schlimm wie das, was folgt.

Eine Ärztin führt eine kleine Untersuchung durch, stellt keine neue Diagnose und doch nimmt das ›Wirrwarr‹ zu.

Seitdem lebe ich mit unangenehmen Augenspülungen. Wie oft habe ich mir vorgenommen, einen Tag durchzuschlafen, nicht aufzustehen, um nicht mehr funktionieren zu müssen.

Ich lausche dem Gespräch.

»Man spürt seine ungetrübte Lebensfreude. Es ist unfair«.

»Wir müssen uns vor ihm zusammenreißen«.

»Ich kann mir ein Leben ohne ihn nicht vorstellen, was ich ihm nie sagen würde, weil er in Frieden gehen darf und soll«.

»Jeden Moment mit ihm genießen muss unser Ziel sein. Er ist ein Kämpfer und macht es uns so verdammt leicht«.

»Ich liebe ihn wie Du. Unsere Wohngemeinschaft besteht aus uns Vieren. Keiner ist wegzudenken«.

Die Tränen, die ich sehe, tun mir weh.

Gott sei Dank, dass die Sache endlich an Klarheit gewinnt.

Die Ungewissheit, ob ich nach dem sogenannten ›Tag X‹ vermisst werde und ob ihre Liebe so stark ist wie meine, quält mich hingegen weiter.

Bis zum Abendessen lassen mich diese Gedanken nicht los.

Schließlich löse ich mich befreit aus dem Vorhang und mache meinem Ruf als Grobmotoriker alle Ehre.

›Krabumms‹

»Teddy?«

Gizmo rennt ins Wohnzimmer, und überraschte Blicke sind auf ihn und mich gerichtet.

»Huhu«, winke ich und stammele unbeholfen und verlegen, um den Großen eine Zeit der Ausrede zu bieten. Ich sitze da, umhüllt von der plötzlichen Wärme, die mich fasziniert. Ich schulde ihnen eine Erklärung.

»Ich hatte nicht vor, Euch heimlich zuzuhören. Angst überkam mich und schnürte mir den Hals zu. Bitte macht Euch nicht unnötig Sorgen. Dass ich meine Essensportion reduziert habe, hat verschiedene Ursachen, von denen nicht alle krankhaft sind. Eure Liebe heilt. Hey, wir sind zu viert und jedes Gefühl kommt bei mir an; jedes. Ich kannte zuvor nur eine ›niedliche und harmlose Angst‹; eine gesunde in einem völlig ungestörten Alltag. Die, etwas zu verpassen oder die vor Fehlern und generell allem, was man gern an Fehltritten meidet. Dann kam die ›ganz große‹ und stellte mein inneres Gleichgewicht auf den Kopf«.

Sie begann mit einer Diagnose, obwohl es bis dahin allen gut ging. Zuvor habe ich mich mit einer vor dem Tod nicht auseinandergesetzt.

Jetzt raubt mir der Gedanke, bald weg und vergangen zu sein, alle Sinne.

Der Verlust betrifft nicht mehr nur mich, sondern meine ganze Familie.

Die Ungewissheit, die vor mir liegt, lässt mich kaum schlafen, obwohl ich Kraft sammeln muss. Ich war immer ein Gegner von gefährlichem Halbwissen und stehe dem kritisch gegenüber.

Heute schaue ich in den Himmel, und er präsentiert sich in einem stolzen Grau, eine Mischung aus schwarzer Düsternis und weißer Hoffnung. Mein Wunsch nach einem gelben Strahl bleibt vorerst unerfüllt.

Angst als Feind, nein, das kommt für mich nicht infrage. Diese Angst umzukehren und sie sich zum Freund zu machen, wäre ein gangbarer Weg, aber wie funktioniert das? Ich habe Angst, vergessen zu werden.

Ihr seid gut gelaunt wie immer, als sei ich bereits ein zurückliegender Teil Eurer Vergangenheit.

Und plötzlich reißt Ihr mit Euren Tränen alle Mauern meiner Zweifel ein. Danke dafür«.

Dieser sensible Moment gehört mir, als ich in die Arme meiner Familie falle.

Das leise Stöhnen, das ich ausstoßen muss, um mir Luft zu machen, ich hoffe, es ist erlaubt.

Ich kann meine Familie, der mein Herz gehört, nicht verlassen!

Die ›letzte Mission‹

›Eddy und Mo‹ feat. ›Zaska und Diva‹

(Daska und Ziva)

Die Tage werden kürzer und meine sind gezählt.

Als ›Eddy und Mo‹ haben wir viel erlebt. Tränen flossen, wir lachten und wuchsen über uns hinaus.

Einige Schicksale haben sich in mein Gedächtnis eingebrannt.

Als Gizmo mit dem Wunsch an mich herangetreten ist, einem ›Gefallenen‹ neue Hoffnung zu schenken wie auf unserer Weihnachtsreise, war ich schier überfordert.

Ausgerechnet ich soll jemandem Kraft geben?

Ich habe seinem Wunsch wortlos weder zugestimmt noch diesen abgelehnt. Ich hoffe, er vergisst es im nächsten Atemzug, weil ihn etwas ablenkt.

»Teddy, Du alter Haudegen, meine Köstlichkeiten im Austausch gegen Deine Gedanken«.

»Das Jahr neigt sich dem Ende. Es war anstrengend, wegweisend und unerbittlich«.

»Traurig wirkst Du nicht«.

»Weil die vergangenen neun Monate so intensiv waren. Trotz meiner Schmerzen fanden andere Dinge Platz und standen im Vordergrund. Gizmo? Wir werden tief und ehrlich geliebt, ohne dass wir um Gefühle betteln müssen, wie viele Hunde im Ausland und in den Auffangstationen«.

»Hurra. Unsere ›letzte Mission‹ führt in Auffangstätten? Ich könnte Dich zu Boden knutschen. Wann starten wir? Wie viele retten wir, was erfahren wir über dunkle Momente?«

Traurig blicke ich in seine Richtung und vermeide direkten Augenkontakt, um ihm schonend beizubringen, dass ich niemandem mehr helfen werde.

Ich nehme die Aussage meiner Tierärztin, dass es sich um Krebs im Endstadium handelt, ernst, und ich achte zunehmend auf meinen Körper, der nach Entschleunigung verlangt. ›Mama Panik‹ erwähnte in einem anderen Zusammenhang Long-COVID und die Spät-Folgen der Pandemie, einschließlich des Fatigue-Syndroms, das auch bei Tumoren eine Rolle spielt.

Seit mehreren Wochen habe ich den Eindruck, dass ich rund um die Uhr schlafe, lediglich unterbrochen von verkürzten Runden ums Eck. Ich fühle mich müde, ausgepowert und oft niedergeschlagen.

»Teddy? Alles klar bei Dir? Schau nicht an mir vorbei. Ich bin es, Dein Freund, der immer mit Dir sein wird«.

Tränen sammeln sich in meinen Augen.

»Tag für Tag kämpfe ich. Für Dich, für mich und unsere Familie. Es fühlt sich falsch an, einem gestürzten Menschen Mut machen zu wollen, während ich jeden Tag ein bisschen mehr sterbe. Denke an Kuddel. Er ist ein Unikat, ein bemerkenswerter Seefahrer. Erinnerst Du Dich an diesen besonderen Moment der Ohnmacht, als er uns seine eigene Krebsdiagnose unter Tränen mitteilte? Jetzt bin ich dran. Wie soll ich Hilfe anbieten und Rückgrat beweisen, wenn es in mir schreit, weil mir mein eigenes Leben durch die Pfoten rutscht? Es tut mir leid, dass ich Dich zum Schluss noch einmal enttäuschen werde, mein Kleiner«.

»Du hast mich noch nie enttäuscht, Dickerchen«.

Mit seiner Pfote und den Worten, ›ich bleibe sein Dicker‹, trocknet er die schlimmsten Tränen.

»Ich werde ›Eddy und Mo‹ nicht vor Dir sterben lassen.

In Dir steckt ein kleiner Teufel, der gern Streiche spielt. Gibt es da nicht ein klitzekleines Fünkchen Ehrgeiz? Bevor Du ablehnst: ›Diva und Zaska‹ werten das Duo zum Quartett auf«.

»Du sprichst über Daska und Ziva?«.

»Habe ich doch gesagt. Wir haben uns lange ausgetauscht, was als Mission infrage kommt. Ist Deine Leidenschaft erloschen? Du hast es geliebt, Scheiße zu bauen und es mir anzulasten«.

»Hey« versuche ich den Rededrang meines Freundes zu bremsen, aber wenn er einmal Fahrt aufnimmt, überrollt er jeden Einwand ohne Erbarmen.

»Teddy, mache die Schnauze zu. Wir brauchen Dich. Die Ideen liefern wir. Wir bringen die Menschen um uns herum zum Lachen, statt Schicksalsschläge aufzudecken«.

»Wenn es einigen an Humor mangelt, bin ich der Erste, der Dir wieder aus der Klemme helfen muss«.

»Wieso mir? Ich unterstütze Dich bei Deinem letzten Bühnenauftritt, Sir Eddy«.

Ohne meine Erlaubnis rennt er los und kehrt mit Daska und Ziva zurück.

»Na, meine Damen«, begegne ich ihnen in friedlicher Weise. »Ich hoffe, dass ich Gizmo richtig verstanden habe. Die Einfälle kommen von Euch, nicht wahr?«

Dieser kleine Erdknäuel, der ausschaut wie ein zusammengerollter Igel, wird von Daska und Ziva fragend gemustert.

Jetzt bin ich an der Reihe.

Klopf, klopf.

Wer da?

Gizmo? Besteht Klärungsbedarf?

Wenn ich ihn am Rücken berühre, kann ich immer noch kein Gesicht erkennen.

»Gizmo?«

Behutsam ziehe ich an seinen Ohren, bis er seine steife Haltung aufgibt.

»Du bist der Meister, der Gags beherrscht, Teddy«, flüstert das Häufchen schlechten Gewissens.

Ich muss lachen, und allein dafür verdient er eine Auszeichnung.

»Morgen legen wir los. Niemand, den wir kennen, wird verschont, angefangen bei unseren eigenen Familien, dann geht's in der Nachbarschaft weiter«.

»Du weißt schon, was Du tust?« fragt Daska.

»Kennst Du den Film-Klassiker, der Rebellen zu Sympathie-Trägern macht? Sie haben keine Ahnung, was sie tun. Ich sehne mich nach Spaß und danke Euch, dass Ihr mitmacht und es mir ermöglicht«.

Tag eins
Das Gag-Quartett startet durch

Ich will unbedingt bei unseren Frauchen beginnen.

Fies oder nicht, solche Fragen stellen sich mir nicht mehr, seit ich ab Diagnose unbefristete Narrenfreiheit genieße.

›Mama Panik‹ gerät tatsächlich in Krisen, wenn ihr Rechner nicht funktioniert, aber auch Maschinen dürfen abends in den Stand-by-Modus gehen.

Ich klettere auf Daska und hangele mich am Tisch zum Computer.

»Teddy? Lass uns an Deinem Plan teilhaben. Was machst Du?«

Eine Antwort gebe ich ihm nicht.

Selbst ein Shih Tzu mit Krone muss lernen, Geduld aufzubringen und sich in schwierigen Situationen nicht zu verraten.

Suchmaschine an.

Zerbrochener Bildschirm als Hintergrundbild? Schnell gefunden.

Perfekt.

Ein paar Schritte, um die Datei als Hintergrund des Sperrbildschirms festzulegen.

Teil-Mission vollendet.

Der Monitor hat (nicht wirklich) ausgedient.

Die drei lachen am Boden, und ich entdecke das Smartphone von ›Mama Perfekt‹.

Wie praktisch, dass die Bürotische nebeneinander-stehen. Ich ziehe mit einem Lineal darüber, tippe darauf und gelange mühelos zu den Einstellungen.

Sprache wechseln?

Italienisch finde ich gut.

»Eddy? Ich höre Stimmen. Die kommen nach oben. Mach Dich runter zu uns«.

Die Aufregung von Mo ist bereits ein Punkt, der mich zum Lachen bringt.

»›Diva‹, stelle Dich schnell an das Tischbein«.

Zack.

An ihrem Rücken rutsche ich herunter, um alle aufzufordern, mit mir ins Ankleidezimmer zu gehen. Gut versteckt, mit Option zum Beobachten.

Schritte nähern sich.

Schon die verzweifelt klingende Stimme von ›Mama Panik‹ macht es schwer, nicht loszulachen.

»Was ist?«

»Mein Bildschirm ist kaputt, er weist tausende von Rissen und Sternchen auf. Er war wie neu. Googelst Du bitte mal, wie es zu diesem Zersplittern kommt, obwohl der Rechner nicht benutzt wurde?«

Sie sitzt da wie ein Sack, ihr Bürostuhl hält eine Menge aus.

»Wie bitte? ›Schermo rotto‹ steht hier als Ergebnis«.

»Ich kann gerade nicht darüber lachen. Wie hast Du das Problem beschrieben?«

»Dass der Bildschirm gebrochen ist«.

»Ich breche ebenfalls gleich«.

»Ja, entschuldige, dass ich Dir nicht sofort zwanzig Optionen anbieten kann, um die Störung zu beheben«.

Nach einigen Minuten.

»Man, das kann doch nicht so schwer sein«.

»Eher unverständlich. ›Monitor improvvisamente rotto‹? ›Causa‹«.

Die Atmosphäre zwischen unseren Frauchen scheint sehr angespannt zu sein, und ein unnötiger Streit bahnt sich an, weshalb ich an dieser Stelle abbreche.

»Scusa«, entschuldige ich mich.

Das Problem mit der Spracheinstellung hat ›Mama Perfekt‹ schnell verstanden, aber unser ›Panikmutti‹ bemitleidet ihren kaputten Bildschirm noch immer, bis sie beim Aufrichten – aus Versehen oder zum Glück – gegen ihre Maus stößt.

Schau her.

Mit jedem befreienden Lachen wird das Leben schöner.

Tag zwei
›MaMi@dieMMs‹

Tag zwei führt uns zu ›MaMi‹, den ›Eltern‹ unserer Mitstreiter.

Bleiben alle entspannt?

Ich werde nicht alles infrage stellen und unnötig verkomplizieren, aber Harmonie war mir nie wichtiger.

»Eddy und Mo sind heute alleine, können sie mit uns einen Film schauen?«

Wir dürfen.

Das ist der Moment von Mo, der es sich zwischen Maike und Michi sofort bequem gemacht hat.

Ich schließe mich dem Team ›Zaska und Diva‹ an, und bescheiden wählen wir den Boden als Platz unserer Träume.

Welcher Film kann meinen Tag nach neunhundertneunundneunzig depressiven Gedanken wenden?

Ein Klassiker?

1990er Jahre - ein Geschäftsmann verliebt sich in eine Prostituierte?

Das kann nicht ihr Ernst sein.

Ich habe wegen dieser Geschichte gefühlt hundertmal geweint.

Die ersten Minuten sind verstrichen und Mo beginnt direkt zu boxen – von links nach rechts – und stellt unangemessene Fragen.

»Handelt es sich um den seltenen Esprit? Dieser englische Rennwagen«.

»Mach dich« werfe ich ein.

»Stimmt. Den Sportwagen hat Lotus zwischen 1976 bis 2004 gefertigt«.

Der Typ im Haus weiß Bescheid, während wir stöhnen, was wirklich unfair ist. Mir war Geschichte immer ebenso wichtig wie Gizmo und unsere Familie, nur bei einer ›Mission‹ nerven Fakten.

»Still jetzt« versuche ich es abermals, um dem Film zu folgen, bis der Geschäftsmann mit seinem Sportwagen neben einer wenig bekleideten Frau hält.

Mo hält nichts mehr (auf seinem Sitzplatz).

»Echt jetzt? Bekommt Ihr hier überhaupt was mit? Das ist doch eine, die sich anbietet. Sie darf da nicht einsteigen. Wir bewegen uns auf ›Aktenzeichen‹ zu, wenn er sie nicht wieder nach Hause bringt«.

Ich pruste los.

»Ihr Zuhause? Sie lebt nicht auf der Straße«.

»Trotzdem, Teddy, wir müssen uns um Polizeischutz kümmern«.

»Verflucht, seid doch wenigstens einmal still. Ich kriege nichts mit von dem Film«.

Maike zeigt deutlich, wie genervt sie ist, während ich mit dem Job von Mo ›Tzu-frieden‹ bin, und er legt rasant nach.

»Es ärgert mich, dass Ihr bei einem Verbrechen wegschaut«.

»Wenn Du einfach still dem Film folgst,« erklärt sie ihre Sicht, »wirst Du feststellen, dass es sich hierbei um eine Liebesgeschichte und nicht um einen Krimi

handelt«.

Michi wirkt beruhigend auf ihn ein, und der Kleine bleibt für seine Verhältnisse lange still.

»Schlüpfrige Scheißerchen? Habe ich richtig gehört? Wie anstößig und doppeldeutig. Dazu wirft sie noch mit Essen. Ich glaube das einfach nicht«.

›Diva‹ greift ein.

»Schlüpfrig heißt hier eher glitschig«.

Jetzt ist es ›Zaska‹, die um Ruhe bittet.

Für die nächsten Minuten ist es still, bis ich Mo mit einem Nicken zu verstehen gebe, dass wir fortfahren.

»Was passiert hier?«

Michi versteht es nicht mehr, sobald ein ›Wilder Eisen‹, Moderator einer populären Schlagershow, den nächsten Auftritt ankündigt.

An dieser Stelle ist es mir ein Bedürfnis, die Ehre von Mo zu retten.

»Weshalb haben die Menschen Schwierigkeiten mit Geduld? Beobachten, gestatten und bewerten. Schritt für Schritt. ›Dat Eisen‹ kann nicht nur gut singen, er ist auch Kapitän und trifft auf Vivian. Gizmo, ein tibetischer Buddha-Vierbeiner, schreit nach Harmonie und Erleuchtung. In seiner Vorstellung holt er sie von der Straße auf die große Bühne. Wow, das kann ich mir wirklich gut vorstellen. Die Zeit mit Edward war wertvoll, und er hegt keinen Groll.

Damit entspreche ich nicht ganz der Vorstellung meines Freundes.

»Mensch, Teddy, ich hatte Dir vorher ins Ohr geflüstert, dass ich mir zu dem Film ein Lied wünsche«.

Ich erinnere mich und stimme den Song an, weder textsicher noch im Takt.

Meine Entwicklung muss weitergehen, nicht still-stehen, ich bin ein Star im Fernsehen. Vom Bordstein auf Platz eins. Gebt zu, wie beeindruckt Ihr seid.

Maike sieht unseren kleinen ›ausländischen Tzu‹ mit einem strengen Blick an.

»Ich verzeihe wirklich viel, aber das klingt deutlich nach einem Plagiat«.

Zack. Auf der Bildfläche erscheint die attraktive Schauspielerin aus dem Film, der sich kurz vor seinem Ende befindet.

Erst jetzt fliegen wir auf, und das Team ›MaMi‹ erklärt, keine Lust mehr auf Fernsehberieselung zu haben, nachdem ein Sender weggedrückt, der nächste zurückgesetzt und von Radio auf TV umgestellt wurde. Haben sie nicht das Zappen mit einer zweiten, versteckten Fernbedienung bemerkt?

»Michi, versteckst Du bitte alle Drücker im Haus vor Gizmo? Nichts sehen, nichts hören – das klingt nach einem erfolgreichen Programm. Mach Musik an«.

»Ich wünsche einen schönen Abend. Der neueste Song von ›Pretty-W‹ trägt den Titel ›Reingefallen‹.

Mein Freund zwinkert mir zu.

Unser Vorteil bleibt die Nähe zwischen uns.

Wie bei allen Missionen zuvor: Auftrag gelungen.

Tag drei
Bestellt oder nicht?

Während unseres Spaziergangs am Morgen begegnen wir Zorro und schmieden den nächsten Plan für einen abendlichen Scherz bei Linas Familie.

Zur vereinbarten Zeit warten wir auf den Lieferdienst der Grillplatten, die Gizmo absichtlich nicht zu uns geordert hat.

Ich schleiche in die Nähe der Haustür, als der Bote klingelt.

»Wir haben nichts bestellt«.

Das Frauchen von Lina ist irritiert.

»Hier steht Ihr Name und die Adresse ist korrekt. Es ist schon bezahlt. Vielleicht eine Überraschung?«

Der Überbringer wirkt sichtlich belustigt.

»Warten Sie bitte einen Moment«.

Sie bringt das Essen herein und ein Trinkgeld nach draußen. Das übernehmen wir aber nicht auch noch.

Langsam kommt meine ›Crew der schlechten Witze‹ als Verstärkung hinterher.

»Beeilt Euch, sonst ist es weg«.

Gizmo, der ›Zaska und Diva‹ geholt hat, drängelt, weil nun fünf hungrige Wölfe auf ihr versprochenes Futter warten.

»Was willst Du denn sagen, wenn die Tür aufgeht?«

Gizmo ist wirklich niedlich.

»Ich nichts. Es ist Deine Runde«.

Sollten seine Augen heute noch mal größer werden, dann nur beim Anblick der großen Fleischportionen.

»Das bringe ich nicht, Teddy. Was soll ich …?«

»Pst, unterbreche ich ihn, und klingele«.

»Hallo, Ihr Lieben«. Das Frauchen von Lina kaut noch, und ich hoffe, dass mein Freund als Vorwand einen Besuch bei Lina vorschiebt.

Ich boxe ihn in die Seite, doch er ist wie erstarrt. Manchmal fühle ich mich wie ein Starterkabel.

»Mach hin, Mo, meine Majestät. Muss ich Dir auf dem Silberteller präsentieren, womit Du Erfolg hast? Los jetzt, Hintern hoch, Pobacken zusammenkneifen und einfach höflich um Einlass bitten. Das schaffst Du. Wir sind alle bei Dir«.

Motivation ausreichend vorhanden?

»Macht Ihr Euch gerade über unser Abendessen her?«

Nein, warum habe ich ihm das Reden zugetraut und übertragen?

Ich kenne ihn doch.

Völlig aufgebracht rennt er an ihren Beinen direkt ins Haus.

»Kommt mit«, winkt sie uns herein.

Da sitzt er.

Wie schnell muss er alle Teller vor seine Nase gezogen haben? Linas Familie lacht, nur der Kleine wirkt stinksauer.

»Uns knurrt seit zwei Stunden der Magen, und alle zehn Minuten haben wir nachgesehen, wo die Lieferung bleibt«, schwindelt er.

»Wollt Ihr stehenbleiben?«

Er sieht zu uns, während er auf der Couch herumrutscht, auf der er es sich längst bequem gemacht hat.

Jeder kriegt eine riesige Portion, meine werde ich mit Lina teilen.

Es fängt an, Spaß zu bringen, als wir schmatzend von den Köstlichkeiten schwärmen, bis ich auflöse, als mir nicht entgeht, wie sehr sich die beiden Töchter auf das Fleisch vom Spieß gefreut haben.

»Hört zu. Seit ich auf meiner Abschiedstournee bin, grübele ich viel, begreife zeitgleich, wie gut es tut, mit meinen Freunden zu lachen. Lasst es Euch schmecken, unsere Frauchen bezahlen«, zwinkere ich der Familie zu und verlasse als erster mit einem Schmunzeln das Haus.

Tag vier
Demenz auf vier Pfoten

Wir sind sofort begeistert von dem gemeinsamen Plan des Teams ›Zaska und Diva‹ mit Zorro.

Werde ich es schaffen, unsere Freundin Paulina ins Boot zu holen? Ihre Lieben sind gefragt.

»Wie denkt Ihr darüber?«

In den seltenen Fällen, in denen Paulina überfordert ist, hat sie einen Drang zu reden, zu quatschen und sich unkontrolliert zu bewegen.

»Ich bringe das nicht,« stammelt sie immer wieder. »Das tue ich weder meinem Frauchen noch meinem Herrchen an«.

Gizmo und Zorro reden beruhigend auf sie ein.

Mir fällt auf, dass sich das Leben meines Mo ändert.

Er geht tapfer auf andere zu und beweist eine große Klappe, während Zorro ihm in nichts nachsteht.

Diese beiden planen Großes.

Nun ist ihre Zeit gekommen.

Da wir nicht alle zu Paulina mitnehmen können, werden wir Mo's Pullover mit einer App-gesteuerten Kamera ausstatten.

Ihre Familie ist erstaunt über den seltenen Besuch, und mit Tränen in den Augen wird sie vom Herrchen umarmt.

»Hey, wir haben Dich überall gesucht«.

Antworten werden überbewertet, dafür flitzt Mo ins Warme. Die Auflösung der Kamera ist perfekt.

»Paulina? Wo warst Du?«

Gizmo haut mit einer seiner Pfoten gegen ein Sideboard.

»Was macht Ihr in unserem Haus?« fragt er – und tatsächlich skeptisch und überzeugend.

Als sie ihre braune Lady streicheln wollen, wird ihr Drehbuch zum Feuerwerk.

»Kommt mir auf keinen Fall zu nah. Haut ab. Geht weg. Mo? Was wollen sie von mir und woher kennen sie meinen Namen?«

Während Gizmo noch einmal ausholt, rollen wir uns vor Lachen auf dem Boden draußen.

»Macht ihr keine Angst. Während ihre Familie heute an der Ostsee ist, waren wir bei Freunden untergebracht. Es ist purer Zufall, dass wir hier sind, weil Paulina ohne ihren Knochen nicht zur Ruhe kommt. Wären Sie so nett zu gehen?«

»Nicht wir, sondern Du« wird mein Freund der Wohnung verwiesen.

Not erkannt, Schlimmeres gebannt.

Ich stürze auf einen Passanten zu, der mit seiner Frau unterwegs ist. Gelangweilt sieht er nicht aus, aber hilfsbereit. Nachdem ich ihm den Zweck unserer Mission und den traurigen Anlass (mein ›Herz(z)ensschön‹) erklärt habe, bietet er sofort seine Hilfe an und stellt sich mit seiner Frau im Arm vor das Haus, bis die Haustür aufgeht.

»Moment, was machen Sie in unserem Haus?«

Unser Mime tritt bravourös forsch auf und legt noch einen drauf.

»Schatz, ruf die Polizei an. Da bist Du ja, Paulina. Komm in Papas Arm«.

Dieser Mann gehört definitiv auf eine Bühne.

»Es reicht«, denkt Gizmo und ruft mich zum Haus.

Wir lachen zusammen und es tut wirklich gut, dass alle mich streicheln, während ich mich entschuldige.

Freispruch für Paulina (Sterbehilfe?)

Es ist schon eine Weile vergangen, dass ich Paulina das letzte Mal traf.

Gestern hat mir eine Begegnung vor Augen geführt, wie einfach es ist, sich an dem Punkt zu treffen, an dem ein Kontakt geendet hat.

Wie ich ist sie ein bisschen in die Jahre gekommen, aber im Gegensatz zu mir schmälert es ihre Anziehungskraft nicht.

»Teddy? Gut schaust Du aus. Was geht?«

»Hat sich mein ›Ticket über den Regenbogen‹ nicht herumgesprochen?«

Ich falle nur mit einem Zeitungsschlitz, nicht mit der ganzen Tür ins Haus, weil es alle erschrecken würde, was für Pläne ich verfolge.

»Komm ein Stück mit mir, bitte«.
Lange hat sie nicht überlegt und ich genieße die Zeit an ihrer Seite.

Was für ein Nachmittag, kalt und sonnig, mit Freude und ein wenig Freiwildjagd.

In den Staaten wird ein Stern verliehen für Leistungen, die in anderen Ländern bestenfalls mit einer einmaligen Prämie anerkannt werden.

Mir reicht etwas ganz, ganz Kleines.

Wenn sich meine Familie mit anderen Hundebesitzern unterhält, die sich noch an mich oder meine Späßchen erinnern. Ich will nicht verloren gehen in einer Welt, die nach Klarheit schreit.

Bis diese eine Frage kommt, die mich kalt erwischt.

»Wo wirst Du sein, wenn wir Dich nicht mehr treffen und sehen?«

Traurig schaut sie mich an, bis mein Schweigen in Tränen übergeht.

Das sagt mehr als alles, worüber ich in den letzten dreizehn Jahren gesprochen habe.

Wieder fühle ich mich schuldig, wie unzählige Male zuvor, weil ich Details vor meinem Seelenbruder verheimlicht habe.

»Wie lange gibt es Dich noch für uns? Wie oft sehe ich Dich wieder?«.

Echte Ehrlichkeit ist mein Ziel, aber mein Körper reagiert mit einem völligen Streik.

Vor ihr liegend fühle ich mich wie ein Versager, jemand, der aufgegeben hat. Keine Spur mehr von dem Macho, dem Rüden, der immer eine Lösung parat hatte.

»Ich habe keinen Plan, Paulina. Viele möchten alles in einem Satz erklärt haben, den ich mir zurechtgelegt habe: Ich will nicht mehr leben«.

Eine einsame Träne kullert, die mehr schmerzt als meine zwei zurückliegenden Kreuzbandrisse.

»Ich, der selbst dann noch das Leben liebt, wenn ihm das Schicksal mitten ins Gesicht boxt. Schau mich an, ›Linchen‹.

Kann man sich mehr ergeben, jämmerlich und willensschwach? Dreizehn bin ich und hadere, weil viele kleine Hunde ein weitaus höheres Alter erreichen können, worum es mir unter dem Strich nicht geht. Es ist diese Achterbahn zwischen Hoffnung und Resignation«.

»Es tut mir so leid, und ich kann Dir nicht sagen, wie ungerecht das Ganze ist. Was quält Dich und wie geht Gizmo mit allem um, wenn es mir schon so schwerfällt, Dich mit Kniefall zu sehen?«

»Hey, Honey, nach meinem Schönheitsschlaf bekomme ich Pediküre. Wenn einer mit der Optik etwas reißt, dann wohl ich«.

Wie früher macht sich der Macho in mir doch noch einmal kurz bemerkbar, während Paulina zum Witzmuffel mutiert. Um sie nicht zu verärgern, schalte ich in einen ernsten Modus, den ich selten wähle.

Am Anfang wusste ich nicht, was mit mir nicht stimmt.

Eines Morgens bin ich mit Zahnschmerzen aufgewacht, die von da an stärker und zum Dauerzustand wurden. Dieser süßliche Geschmack im Mund, eine Unfähigkeit, meine Lieblings-Kaustangen zu knabbern und ein Kloß im Hals bereiteten mir keine Angst. Als ich hörte, dass wackelnde Zähne für diesen grauenhaften Zustand verantwortlich sind, war es das erste Mal, dass ich mich nicht gegen einen operativen Eingriff sträubte. Es war ein Segen, als ich aus der Narkose erwachte und schmerzfrei war.

Bin ich wieder ich?

Gesund? Genesen? Oder erwartet mich eine Reha?

Zahlreiche Zähne mussten entfernt werden, da sie vereitert waren. Ich erholte mich zu Hause, dankbar und voller Zuversicht. Dass ich das Gefühl nicht loswurde, dass mein Hals weiter geschwollen war, verdrängte ich bis zum Tag der Nachuntersuchung.

Unsere Frauchen standen in dem sterilen Raum.

Beide waren sich sicher, dass ich geheilt bin, weil der Termin verschoben wurde.

Wenn es Grund zur Sorge gibt, stehen die Handys nicht still. Wir hatten seit drei Wochen nichts gehört. Alles gut.

Oder?

Der Doc zeigte auf Röntgenbilder und sprach von einem Plattenepithelkarzinom.

Wie bitte?

Ich habe viele Zähne freiwillig entfernen lassen, bin kein Discjockey, und mein Karzinom hat etwas von Gemüseanbau.

Warum weinten meine ›Mamas‹?

Ich verstand nichts mehr.

Was heißt, zu weit fortgeschritten?

Eine schlechte Prognose? Das war doch vor der zurückliegenden Operation.

War das mein Todesurteil?

Keine Optionen für erneute Eingriffe?

Erhöhte Rezidiv-Rate?

Palliative Behandlung?

Macht mich nicht schwach.

Gegen wen soll ich antreten? Gegen einen weiteren ›Highlander‹ in mir, auf den die meisten ihren Einsatz verwetten?

Der kranke möchte sich friedlich zurückziehen, während der gesunde bleiben will.

Hier sollte mein Name explizit genannt werden, weil ich stolz auf mich bin, nie aufgegeben habe und mir auf die Wandlung des Negativen zum Positiven viel einbilde.

Sieht wirklich niemand meinen Kampf?

Mit starken Schmerzmitteln läuten Fremde (m)ein Ende auf Zeit ein?

Zum ersten Mal gebe ich auf, irritiert durch das Weinen meiner Familie und Gizmo, der neben mir am Boden sitzt und todtraurig aussieht.

Wir haben doch noch so viele Pläne.

Mir bleibt die Luft weg.

Meinen Kumpel zurücklassen zu müssen, schmerzt mehr als den ›Herz(z)ensschönen‹ zu akzeptieren.

Warum muss ich ein Schicksal aushalten, das nicht nur mich, sondern all meine Freunde und meine Familie trifft?

Die Menschen haben Gesetze für alles, mit Pflegestufen u.a., und ich habe darum gebeten, dass bei mir ein Schwerbehindertenstatus anerkannt wird, und ich dafür noch ein bisschen bleiben darf. Ich hätte einen Vergleich akzeptiert, Paulina«.

Meine geliebte braune Lady schaut liebevoll zu mir und entschuldigt sich, weil sie kein einziges Wort findet, das mich trösten könnte.

Wie gut ich sie verstehe, weil meine Krankheit längst auch zu einem psychischen Problem geworden ist.

Die Sonne im Spätsommer ist nicht mehr hell, sondern grell.

Während der Spaziergänge höre ich das Gerede und Gelächter unbekannter Leute in verzerrter und falscher Form.

Diese fortlaufenden Selbstbeobachtungen.

Wieder und wieder fahre ich mir mit den Pfoten über mein Maul, die Nase und beide Augen, ob sich etwas im Eiltempo bildet, was da nicht hingehört oder ob ich Blut oder Eiter wegwischen muss.

»Paulina? Ob ich wirklich den Tumor wachsen höre oder ob ich mir das einbilde, kann ich nicht mit Sicherheit sagen. Der Raum zwischen den übriggebliebenen Zähnen schrumpft tatsächlich und meine angeschwollenen Lymphknoten schmerzen.

Es ist wie ein Ersticken, ein Herumreißen an Körper und Seele.

Hilf mir bitte, Paulina. Bitte, hilf mir«.

Mit ihrer großen Pranke streichelt sie sanft über mein Fell und mir stockt nicht der Atem, als sie an meinen Kiefer geht.

»Du hast bereits erwähnt, dass es keine Optionen gibt und dass Du weißt, was kommen wird. Wenn ich könnte, Teddy, würde ich alles tun, um Dir den Schmerz zu nehmen. Deine Verzweiflung greift alle an, die Dich lieben«.

»Bitte hilf mir, jetzt einzuschlafen« flehe ich sie an.

»Nicht irgendwann nach einem langen Siechtum, nein, jetzt«.

Als ›Hündinnen-Versteher‹ kann ich jeden Augen-ausdruck einschätzen, den von Paulina aber nicht in Ansätzen deuten.

Entsetzt, bestürzt und erschrocken oder ratlos, überfordert und um Verständnis bittend?

»Ich verspreche Dir nicht, alles für Dich zu tun, weil ich erst einmal wissen muss, woran genau Du denkst«.

»Genau genommen habe ich von einer aktiven Sterbehilfe gehört. Du begehst kein Attentat, weil Du jemanden erlöst, der keine Zukunft hat. Einfach, oder?«

»Niemals, Teddy. Bitte finde rasch einen Weg, mit dem alle (weiter)leben können«.

»Nein. Die Kittel in Weiß haben meinen Frauchen empfohlen, mich mit Morphium zu behandeln, falls mein Schmerzmittel nicht mehr den gewünschten Effekt hat. Werde ich wieder um was beraubt, mit gedämpfter Anteilnahme am Leben? Das Schnuppern war ein Höhepunkt jedes Spaziergangs. Es würde verschwinden, wie die wachen Augenblicke, in denen ich meiner Familie gerecht werden konnte. Völlig unstrittig. Danke und gute Nacht an den Teil der Welt, wo niemand wirklich kämpfen muss«.

Wir schauen uns minutenlang schweigend an.

»Bitte, Paulina. Locke eine Rotte Wildschweine mit ihren Frischlingen an, die mich in der Luft zerfetzen oder mich überrennen. Rattengift wäre noch besser. Ich liebe Döner. Verrate mir ›nur‹ nicht, in welchem Du das ›Erlösende‹ versteckst, damit ich nicht weiß, wann der Zeitpunkt gekommen ist. Erschießen geht auch. Ich laufe über Felder, während Du den Jäger holst und ihm erzählst, dass ich Tiere im Revier reiße, weil ich tollwütig bin«.

»Stopp, Teddy. Hör auf mit diesen lächerlichen Vorschlägen. Keiner, der Dich kennt und liebt, wird Dich über die Regenbogenbrücke bringen. Warum nimmst Du keine Tabletten oder springst vor ein Auto?«.

Ich ignoriere ihren sarkastischen Unterton.

»Ist das Dein Ernst? Du rätst mir zum Suizid? Gizmo ist ein Buddhist und lebt nach allen Regeln. Wie behält er mich in Erinnerung, wenn ich selbst Pfoten anlege und mich umbringe? Seinen Weg zur

Erleuchtung würde ich mir verbauen und ihn nie verstehen, wenn ich jetzt versage«.

Mein Blick wird durch Tränen getrübt.

»Es tut mir leid, dass Du, unser großer Krieger, in so einer schlechten psychischen Verfassung bist. Wie viele Kämpfe hast Du geführt? Es ist schön, dass Du Gizmo endlich wieder ins Gespräch bringst. Er, der ›kleine Buddhist‹, wird sich berufen fühlen, Dich vor sämtlichen selbstzerstörerischen Handlungen und Suizidgedanken zu bewahren. Er braucht Dich. Und Deine Familie hilft Dir, wenn Du die Schmerzen nicht mehr erträgst. Ihre Liebe trägt Dich, bis Du Ihnen ein ›Zeichen‹ gibst. Deine Freundschaft ist mir wichtig, und ich komme nach in das Land der vielen Farben. Wir sehen uns wieder.«

Lockdown mit Oz (Ossi, Ozzy, Ozzi)

Warum darf das Schicksal nach Belieben handeln und was sind die Kriterien, die darüber entscheiden, wer verschont bleibt?

Mein Gespräch mit Paulina hinterlässt einen bitteren Nachgeschmack, nicht wegen ihr, sondern wegen des Lebens.

»Ich habe niemandem geschadet und gerate in die Palliativmedizin. Oz ist ein außergewöhnlicher Hund, der mit sozialer Empathie auf andere Hunde zugeht. Mit Sicherheit hat er sich für keinen Tumor angemeldet.«

»Teddy?«

Gizmo wedelt mit seinen Pfoten vor meinem Gesicht herum. »Träumst Du?«

»Ich wünschte, es wäre so. Das Geschwür bei Oz war bösartig, aber die Prognose gut, weil es vollständig entfernt werden konnte«.

»Dein ›Herz(z)ensschön‹ nicht«, höre ich ihn traurig seufzen. »Ich will was für Dich tun. Bitte, lass Dir helfen, weißer Krieger«.

»Begleitest Du mich zu Ossi? Ich wünsche mir einen Lockdown mit dem attraktivsten Pinscher, den die neuen Bundesländer hervorgebracht haben«.

»Kneifst Du mich bitte mal? Warum Ostdeutscher? Ozzy ist ein herausragender Musiker durch und durch«.

»Verwechselst Du nicht etwas? Sein Herrchen rockt die Bühnen, aber Ossi fand den Weg über tote Grenzen«.

Mein Freund sieht mich irritiert und ungläubig an und schlägt vor, es herauszufinden.

Ab zu Ossi/Ozzy/Ozzi.

Vor uns steht ein Poser, kein Hund, dessen Name eine Rolle spielen müsste.

»Wie sieht's aus bei Dir? Alles gut?«

Nachdem ich es gesagt habe, empfinde ich mich als unsensibel und bin dankbar für das Eingreifen von Gizmo und für seine Feinfühligkeit.

»Wir haben Dir für Deine Operation alle Pfoten gedrückt«.

»Allerliebst seid Ihr, aber auch mental schwerfällig. Als ich den bösartigen Tumor weggelacht habe, war alles fein«.

»Teddy möchte mit uns seinen individuellen Genesungs- und Heilungs-Lockdown genießen«.

»Ich dachte …«.

Er stottert und ausgerechnet ich muss meine Krankheit herunterspielen, damit er die Kurve kriegt.

»Ja, Ossi, jeden Abend grabe ich die Hoffnung auf Heilung im Garten aus und bin der Verlierer. Trotzdem weiß ich, wie wertvoll gemeinsame Zeit ist. Kein Produkt der Pharmazie wirkt besser. Du warst ja bereits im Osten weggesperrt«.

»Ich genieße von Geburt an alle Freiheiten«.

»Wem willst Du was vormachen? Nach der Grenz-öffnung wurde es für Dich besser. Komm, schnappe Dir eine Bemme oder einen Broiler und wir verstecken uns in der Datsche«.

Es war klar, dass Gizmo nicht stillhält.

»Du, Ozzy? Unser ›Godfather of Metal‹? Wenn Dein Tumor verschwunden ist, kannst Du noch einmal wie damals in Wacken rocken? Was für ein Highlight. Ich bin auf die mit Suchmaschinen ausgespuckten Details hereingefallen, Du hättest eine Nervenerkrankung, die Dich in Deiner Bewegung einschränkt. Ich freue mich, dass Deine Bühnenpräsenz erhalten bleibt«.

»Donnerlittchen«.

Es fällt mir schwer, mich zurückzunehmen.

»Gizmo sieht Dich mit Bückware im Rockermilieu«.

»Und ich Euch im Irrenasyl mit weißen Schutz-jacken«.

Oz schüttelt lachend den Kopf.

»Ab in den Garten. Auf einen Lockdown verzichte ich, weil ich Langeweile und viel Ruhe nicht ertrage. Ich gehe mit begleitend harten Tönen voraus, Teddy tanzt imaginär mit Silly, und Gizmo erwirbt ein Diplom im ›Missverständnisse aus der Welt schaffen«.

Der kleine Shih Tzu, der seit gefühlt einer Stunde nicht den Mund aufkriegt, springt erfreut an seine Seite.

»Natürlich, das Schwermetall steht Dir, also hinter einem Mikro und mit professionellem Herum-zappeln«.

Das hat er nicht wirklich gesagt.

Ich laufe den beiden hinterher und verdrehe die Augen im Sekundentakt.

Auf dem Rasen fahre ich mich langsam herunter.

»Habt Ihr auch so einen Knast? Ich wähle die ›tote Oma‹; ist ja auch bereits Dreiviertel Zwölf«.

Gizmo schaut sich ängstlich um.

»Pst, Teddy. Bringe Dich und mich nicht in die nächste Scheiße. Wir kommen nicht aus dem Gefängnis, sondern können ein Zuhause nachweisen. Du hast keine alte Frau umgebracht und wie verpackst Du die Uhrzeit?«.

»Ich wechsele in nahbarer Zukunft mein Bett gegen ein Erdmöbel, und nur ein Ossi versteht diesen Begriff.«

Unser Freund Oz knallt sich gegen die Stirn.

»Einige Dinge werden mir klar. Für den einen bin ich die Person, die Simson, Trabi und Wiederver-einigung verkörpert, für den anderen ein begnadeter Rockstar. Euer Ernst? Alles aufgrund eines Namens? Wäre ich als Hund Rocky im Doggy-Status, wäre ich ein Boxer statt eines Pinschers oder ein Gebirge? Ist Oskar/Oscar eine Tonne oder eine Trophäe? Ich bin ich. Schlau werde ich aus Dir nicht, Teddy. Wenn Du ein wenig Zeit mit Freunden verbringen willst, weil sie knapp wird, sprich darüber. Gefühle, zu denen Du stehst, lassen Dich weicher erscheinen, das gebührt auch einem Macho. Ein Sympathieträger warst Du von Beginn an«.

Am Nachmittag herrscht ein ›offener Lockdown‹.

Wir lachen, wir weinen, wir reißen Witze und – das ist besonders wichtig, – wir verstehen uns ohne Worte, während Gizmo die Schönheit der Veilchen lobt und Ossi und ich nach einer Verletzung an seinen Augen Ausschau halten.

Dunkelheit

Die Dunkelheit, die mich umgibt, ist nicht auszuhalten, und das Lachen der Menschen draußen auf unseren Spaziergängen fühlt sich falsch an.

Ich war doch meistens glücklich und ausgelassen, und ich möchte an diesen Punkt zurückkehren, ohne Pillen nehmen zu müssen.

Schleicht meine Medikation aus. Bitte. Ich will die Kontrolle zurück, und über mich und mein Leben bestimme nur ich.

Unscharfe Bilder in meinem Gedächtnis verdeutlichen, dass ich mich gerne im Schnee gewälzt habe. Mein Gehirn funktioniert wenigstens.

Das weiche Zeugs habe ich geliebt.

Durchhalten, Teddy, motiviere ich mich, in ein paar Wochen wird es – ein letztes Mal – mein Highlight sein. Mit meiner Nase den Schnee zu schieben, ist eine Leidenschaft, der ich vielleicht im farbigen Land nicht mehr nachgehen kann. Im ›Land ohne Schmerzen‹ leuchtet der Frühling.

Seit einigen Tagen kann ich nichts mehr essen.

Es ist, als würde jemand von innen meinen Mund zusammenhalten.

Unabhängig von meinem Bemühen kann ich ihn nicht öffnen.

Meine Familie gibt alles, um mich zu unterstützen.

Wenn ich nicht mehr stehen kann, trägt sie mich und verwandelt mein Nassfutter in ein püriertes Fünf-Gänge-Menü.

Von anderen Hundebesitzern werde ich als Kämpfer bezeichnet, und der Tumor kann mir meinen Stolz nicht nehmen. Obwohl es mir sehr wehtut, dass Gizmo sich innerlich von mir distanziert, bieten meine ehrlichen Worte ihm die Chance auf einen Neubeginn.

Nach neuneinhalb Jahren als sein Beschützer endet unsere Zeit, und ich möchte ihm Kraft geben, damit er draußen allein bestehen kann.

Er macht das richtig gut und nimmt bereits jetzt kaum noch Notiz von mir.

Wir wussten seit der Diagnose, dass ein schrittweiser Abschied für jeden von uns zu einer Herausforderung wird. Als ich mich an meinen Freund schmiegen will, wird mir trotz seiner Versuche, es zu verbergen, bewusst, dass ihn der Geruch aus meinem Mund stört. Gelegentlich wird auch mir davon schlecht.

In vielen Nächten liege ich nicht mehr bei meinen Liebsten, da ich mir eine ›Abschiedsoase‹ geschaffen habe. Ein Platz unter dem Bett, der mir ermöglicht, mich zurückzuziehen, beinahe wie ein kleiner Umzug in ein Hospiz. Ich liege schief, drehe mich kaum und hoffe auf das Wunder. Mit allerletzter Kraft schaffe ich es, ein paar Happen in meinen Mund zu befördern, wenn mein Magen knurrt.

Die Erleichterung darüber, endlich etwas gegessen zu haben, weicht schnell einem unerträglichen Schmerz. Stiche im Mund, tränende Augen und verstärktes Schmatzen sind ein sehr hoher Preis, weshalb ich nicht mehr mit voller Überzeugung sagen kann, dass ich unbedingt hierbleiben will.

Bis zu einem Gespräch mit der Tierklinik.

›Mama Perfekt‹ vereinbarte einen Rückruftermin mit der Tierärztin, da sie mich, und das muss man erst einmal verdauen, erlösen wollen.

Wie bitte?

Heute soll mein letzter Tag sein?

In den vergangenen Tagen war ich in unserem familiären Verbund absolut präsent.

Haltet Ihr mich krank nicht mehr aus?

Meine Beine zittern, während ich meine Gewohnheiten ändere und mich unter die Bettwäsche kuschele, um weiche Haut zu spüren.

Ich weiß nicht, ob nur ich das mache oder ob es typisch für einen Westie ist.

Nähe habe ich immer gesucht und geliebt, und ich hoffe, damit ein Zeichen zu setzen.

Je mehr sie ihre Tränen vor mir verbergen, desto mehr Angst überkommt mich.

Zwei Stunden später ruft meine Ärztin zurück.

Die einzige Person im weißen Kittel, die zu mir vorgedrungen ist, nachdem mich andere mit ihren Behandlungsmethoden eingeschüchtert hatten.

Durch die Decke höre ich, wie sie über mich sprechen. Ich hätte seit vielen Tagen nicht gegessen.

Meine Energie ließe nach, mein Röcheln hätte sich verschärft, und gelegentlich fiele ich hin.

Vielen Dank.

Ihr tut, als wäre ich nicht anwesend.

Ich höre jedes Wort, auch das meiner Ärztin, die meint, dass es zu früh sei für (m)ein Aufgeben.

Lebenslust von Teddy?

Ein Feuer, das in mir brennt?

Es berührt mich, als jemand beschrieben zu werden, der trotz größter Schmerzen seine Ideale nicht aufgibt.

Ja, das Feuer lodert noch.

Wenn wir gleich herausgehen, werde ich allen zeigen, dass ich noch da bin.

Zeichen

Vor zwei Wochen ging ich in die Verlängerung, und ich war fest davon überzeugt, dass ich dieser Krankheit entkomme.

Als ich jedoch heute Morgen nicht mehr aufstehen konnte und zum ersten Mal meine geliebte Hunde-Runde ausließ, wurde mir bewusst:

Das war es.

Alles ist gesagt.

Die Haustür fiel ins Schloss, weil mein Freund zu Recht auf seinen Spaziergang drängte, und ich geriet erstmals in eine Panikattacke.

Das Haus wirkte auf mich verändert, irgendwie fremd, und ich fühlte mich noch nie so einsam und verlassen und schleppte mich mit meinen letzten Kräften die Treppe hinunter.

Um kein Geräusch zu verpassen musste ich in den Flur.

Hier lag ich, erschöpft und ohne Gefühle.

Bitte kommt zu mir zurück, dachte ich, bis kurz darauf eine unserer Frauchen die Tür öffnete.

»Teddy? Wir wollten, dass Du Dich ausruhst und haben uns beeilt. Gizmo hatte keine Lust, ohne Dich zu schnuppern«.

Macht mir bitte kein schlechtes Gewissen.

»Komm her, kleiner Wirbelwind«.

Als ich auf meine Herzseite zeige, ist er nicht mehr zu halten.

Erneut hält er einen gewissen Abstand, den es früher zwischen uns nie gab, den ich aber respektiere.

»Ich bin stolz auf Dich, dass Du allein draußen warst. Bitte höre mir jetzt ganz genau zu. Du musst bereit sein für einen neuen Weg, einen ohne mich«.

»Ich hasse Dich, Teddy, weil Du aufgibst. Dich und mich«.

Seine Tränen verletzen mich mehr als das Wort Hass.

»Du suchst nach etwas, das nicht mehr existiert und es wird nicht zurückkehren. Sieh mich an. Hier ist die Hülle Deines weißen Kriegers. In mir tobt ein Krieg. Bitte lebe nicht mit der Vorstellung, dass es für uns als Team weitergeht. Wenn ich gehe, muss ich mir sicher sein können, dass das Leben weiterhin Überraschungen und schöne Augenblicke für Dich bereithält«.

Gizmo wendet sich ab, murmelt etwas Unverständliches und lässt mich stehen. Wütend renne ich ihm hinterher.

»Wärst Du an diesem Karzinom erkrankt, glaubst Du ernsthaft, ich hätte mich Dir gegenüber so verhalten? Niemals hätte ich Dir das Gefühl gegeben, dass Du Dinge falsch angehst«.

»Natürlich nicht, Großer. Sorry, ich werde das Gefühl nicht los, dass Du es brauchst, gelobt zu werden, aber mir ist nicht einmal mehr klar, ob ich gegen Deine Krebserkrankung kämpfe, für Dich oder gegen mich. Ich bin am Ende, Teddy. Sorry«.

»Ich schwanke zwischen Sieg und Niederlage, und es steht unentschieden. Ich bin ein Fighter, Gizmo, und ich packe das ohne Dich nicht«.

»Ich bin da, weil Du an ein Lebenskonzept glaubst, was für die ›moderne Gesellschaft‹ keine Rolle spielt.

Als Du Blacky und ein Jahr später Kimba gehen lassen musstest, hast Du den beiden ein Lunchpaket mitgegeben und Dich mit Küsschen von ihnen verabschiedet? Ich bin weder spirituell, noch verstehe ich was von tiefgründiger Esoterik, aber viele Dinge ergeben Sinn, wenn mir jemand Starthilfe gibt, um über den Horizont zu blicken. Traumdeutung, Sinnsuche und vor allem, wo finde ich meine Liebsten, wenn ich gehe? Gibt es einen Blitz, wenn der nächste über die Regenbogenbrücke geht, den ich unbedingt wiedersehen möchte? Das betrifft doch nicht nur Dich, Teddy. Wir alle haben Angst vor dem Unbekannten. Du bist mir altersmäßig voraus und kennst die Regeln des Lebens aus dem Effeff. Ich weiß das. Wozu hast Du mich aber vor neun Jahren gebraucht, wenn Du ein Meister im Loslassen bist? Jeder Moment an Deiner Seite hat einen Stein auf den anderen gesetzt und macht mein Leben aus. Ist Dir mal in den Sinn gekommen, dass ich mich an Dir, vor allem in freier Natur, orientiere? Seit Wochen hast Du Dich von mir entfernt. Jeden Tag ein Stück mehr. Also sag Du mir bitte nicht, was zu tun ist, wenn Du Dich hier gerade verabschieden willst«.

»Muss«, flüstere ich, was er nicht hört auf seiner Flucht in den Garten.

Unsere Frauchen bemerken unseren kleinen Streit, aber ich habe ihren Trost nicht verdient.

Schaut nach dem besonderen, verzweifelten Shih Tzu, der mir alles von sich gegeben hat.

Langsam schleiche ich mich nach oben und verkrieche mich unter dem Bett.

Es ist schon spät und ich möchte die letzten Gedanken wegschlafen. Vielleicht geht es mir morgen so gut, dass ich meinem Freund versprechen kann, weiter zu kämpfen.

Im Laufe der Nacht bricht mich ein nie dagewesener Schmerz.

In Seitenlage ist es mir nicht mehr möglich, mich auf den Bauch zu drehen, um ›hervorzurobben‹, was meine liebste sportliche Betätigung war.

Ich fordere die Konkurrenz heraus und lasse mir meinen Stolz nicht nehmen.

Mit letzter Kraft schaffe ich es nach draußen. Auf dem Rasen liegend, bin ich wie erstarrt. JETZT ist alles gesagt.

Ich schaffe es nicht mehr.

Meine Familie wird morgen früh DAS Zeichen erhalten, auf das sie gewartet haben, um mich gehen zu lassen.

Alles in mir krampft sich zusammen, ich bekomme keine Luft, es schmerzt und tut unsagbar weh.

Tränen rinnen mir übers Fell und meine Sicht verschwimmt in jeder Hinsicht.

Auf dem Boden sacke ich zusammen.

»Teddy?«

Träume ich von der erlösenden Stimme meines Freundes?

Nein.

Er legt seine Vorderpfötchen auf meine.

»Spürst Du den kleinen Welpen, der die Welt nicht mehr versteht? Dieser war ich, als Du mich in Dein Leben geholt hast. An Deiner Seite war ich stark – durch Dich. Seit wir von Deiner Krankheit wissen, bin ich wieder dieser Winzling unter dem Tisch, der sich vor Angriffen versteckt. Häufig denke ich an Tibet, meine Flucht und das Erwachen. Vertraue mir, ich will es Dir leichter machen. Der Buddhismus kennt Übungen zum Loslassen. Ich rede mir ein, ein kleiner Buddhist zu sein, aber ich will mehr«.

»Was?«

»Dich nicht loslassen«.

Gizmo versucht, die aufsteigenden Schluchzer zurückzuhalten.

»Ich fühle mich schwach und hilflos, Teddy. Erbärmlich, wie ich hier sitze und weine, während Du die Schmerzen nicht mehr aushältst. Dass Du dieses Ding im Mund ›Herz(z)ensschön‹ nennst, verstehe ich nicht. Das zweite ›Z‹ hast Du mir gewidmet, erinnerst Du Dich? Dass wir gemeinsam Ziele verfolgten, leuchtet mir ein. Dass allerdings unserer Zukunft nichts im Weg steht, auch nicht dieser, also Dein ›Herz(z)ensschön‹, ist schier gelogen. Dein Herz gehört zu mir, doch es wird aufhören zu schlagen. Auch für mich«.

Gizmo hat sich – nur (?) räumlich – von mir entfernt.

»Ich bin immer bei Dir, tief in Dir drin«.

Ich lege ein Pfötchen auf sein Herz.

»Ich weiß. Trägst Du auch diese Angst mit Dir?«.

Mit Traurigkeit im Blick nicke ich, und alles, was mich belastet, sprudelt wie ein Wasserfall heraus. Was, wenn mir die Welt hinter der Regenbogenbrücke nicht gefällt?

Eine Rückkehr ist mir nicht möglich.

Was, wenn die Schmerzen heute wie ein Spaziergang sind, weil ich Dich, Gizmo, später unvorstellbar vermisse? Ich habe mit unseren Frauchen und Dir eine Familie, und ich muss als Erster gehen. Wie soll ich reagieren, wenn ich merke, dass Ihr mit dem Schmerz nicht umgehen könnt?

Wir umarmen uns für eine lange Zeit.

»Ist heute dieser Tag gekommen?«, fragt Gizmo vorsichtig, und wieder bin ich es, an dem er sich festhält.

»Ja«, flüstere ich.

»Bist Du bereit, mir zu vertrauen und einen anderen Weg zu gehen? Ich halte eine schützende Pfote über Dich, bis wir uns wiedersehen«.

»Ich habe Dir immer vertraut, bis das Schicksal zugeschlagen hat. Warum Du?«

»Seit der Diagnose stelle ich mir diese eine Frage, sinnlos wie unfair. Viele erleiden ähnliche Schicksale. Du bist mein ›zweites Ich‹ seit neun Jahren und wir leben hier in einem familiären Paradies.

Ich bin dankbar für das, was mein Leben bis hier ausmacht. Mit diesem Gefühl will ich gehen. Schlafen wir noch eine Weile zusammen, bevor ich DAS Zeichen setze?

Die Entscheidung – mein ›letzter‹ Tag

Ihr, meine Familie, müsst den Rest Eures Lebens damit klarkommen, dass ich es nicht geschafft habe.

Unsere Gemeinsamkeiten sterben vor Jahresende.

Ein Oktober – so still.

Der Krebs war übermächtig und mein Kiefer zuletzt vom Plattenepithelkarzinom zerstört.

Wie sehr ich gelitten habe, weil ich nicht mehr essen konnte, habe ich vor Euch verborgen gehalten. Ich dachte, dass es nicht auffallen würde, wenn ich mit schräger Kopflage ein paar Happen esse.

Bitte macht der Tierklinik keine Vorwürfe.

Zu diesem Zeitpunkt war eine Behandlung nach allen Regeln der ärztlichen Kunst nicht mehr möglich.

Lege artis ausgeschlossen.

Am Tag meines Abschieds stand ich wie ein stiller Beobachter neben mir, ein bisschen wie beim Klassiker ›Ghost‹.

Als ich erlöst wurde, hat der Schmerz alle gelähmt, und ich bin dankbar für das ›(schweres)Loslassen‹. Die Sonne schien an meinem letzten Tag, aber es hätte genauso gut stürmen oder schneien können. Hat Euch meine Freiheit ergriffen oder war ich der einzige, der was Neues gespürt hat? Ich hatte Flügel und konnte nicht abheben, weil ich mir einige Fehler nicht verzeihe.

Ich habe Gizmo über viele Monate im Ungewissen gelassen, wie es mir geht. Für ihn wollte ich unantastbar sein, ein weißer Krieger, den nichts platt macht. Ein Vorbild für meinen Kumpel, der Zuversicht für eine ganze Familie ausstrahlt, um keinen zu beunruhigen.

Aber an meinem letzten Tag habe ich nicht mehr gelebt.

Ich stand auf, befand mich aber bereits auf einem Weg, den jeder von uns ganz alleine gehen muss.

Ich war schwach und wollte nicht mehr mit meiner Familie spazieren gehen.

Im Nachhinein ist mir der Satz unangenehm. Er kommt mir trivial vor.

Man spürt es wirklich, wenn der Tod sich anschleicht, und ich hatte so eine unaushaltbare Angst.

Woher kommt die Kraft, dass ich an ein ›Danach‹ glaube? Und daran, dass sich die wiederfinden, die zusammengehören und später das nachholen, was ihnen genommen wird?

Über einen langen Zeitraum habe ich auf was Erlösendes gehofft und ich lasse mir nicht unterstellen, dass ich mich selbst betrüge.

Ein Geschwür trennt keine Gefühle!

Was der Tumor mir schenkt, ist eine Kiefersperre, schmerzhaft und scheußlich, sodass der Tod für mich an Schrecken verliert.

Würde die geringste Hoffnung auf Heilung bestehen, wären meine Pfötchen Goliath-Pranken.

Das ›Herz(z)ensschön‹ wächst und wächst.

Es ist unfassbar schwierig, etwas Wichtiges gehen zu lassen. Was hätte meine Familie getan, wenn ich zu ihnen gekommen wäre und gesagt hätte, dass ich so nicht mehr weiterleben möchte? Dass ich es nicht mehr ertrage, nichts essen zu können, und dass mein Rückzug unter das Bett eine Einsamkeit ist, die mich gefangen nimmt. Ich bin nie gern für mich allein gewesen.

Ich hoffe, Ihr gebt mich in Liebe frei, und ich gebe Euch das Versprechen, dass ich in meinen letzten Minuten keine Angst mehr gehabt habe.

Oft bin ich den steinigen Weg hoch zum Eingang der Tierklinik mit zitternden Knien gegangen und meine Antwort auf die Frage von Gizmo, ob er was für mich tun könne, war offen und ehrlich.

Nur meine Ärztin kann mir jetzt noch helfen.

In den vorangegangenen Stunden habe ich mich verabschiedet.

Ein letztes Mal lief ich durch unseren Garten und sog jeden vertrauten Duft tief in mir auf.

Eure traurigen Augen sind mir nicht entgangen, und ich hätte am liebsten geschrien, dass alles gut wird. Für Euch, Gizmo, aber auch für mich.

Dann ist der Albtraum vorbei.

Endlich.

Als wir zum Auto gehen, blicke ich zurück. Das war mein Zuhause, ein sicherer Ort, und ich habe mein Leben hier geliebt.

Schlagt die Tür zu.

Mach es gut, meine Burg.

Im Auto sitze ich neben meinem besten Freund auf der Rückbank.

»Du schaffst das«, spreche ich ihm Mut zu, bis ich die Tränen in seinen Augen sehe.

»Ich habe Dich schon gehen lassen, Teddy«.

Er schluckt.

»Du warst mein Leben und als Dankeschön lasse ich Dich los. Du hast recht, ich schaffe das«, schluchzt er.

Trotz der traurigen Szene erkenne ich die Macht seiner Gefühle.

Ja, er lässt mich erhobenen Hauptes gehen.

Ein letztes Mal kuscheln wir uns eng aneinander.

Im Wartezimmer sitzend, bemerke ich mein Desinteresse an anderen Hunden. Ich, der nie von sozialen Kontakten genug bekommen konnte.

Wie ich mich fühle?

Gut.

Befreit.

ENDLICH gelöst vom ›Herz(z)ensschön‹.

Ich bin der ›echte Unvollendete‹.

»Für Teddy«, höre ich eine vertraute Stimme.

Frau Wolf, meine Ärztin. Eine Frau mit Herz und Empathie. Ich will sie ein letztes Mal neben meiner Familie sehen und hören, wenn ich für immer meine Augen schließe.

Auf dem Behandlungstisch lausche ich dem Gespräch und mir gefällt, was ich mitbekomme.

Jeden Tag hat er gekämpft.

Sein Spaß draußen beim Schnuppern war bis gestern ungebrochen.

Er hat uns gestern DAS Zeichen gegeben, indem er zum ersten Mal seinen Gassi-Gang verweigerte.

Seit Tagen frisst er nicht mehr, und er schafft es nicht mehr, Kraft zu mobilisieren.

Wir lassen ihn los, weil wir ihn lieben.

In dieser schweren Situation sind unsere Frauchen überfordert, und ich bin erleichtert, dass sie auf die medizinische Meinung meiner ›Wölfin‹ vertrauen.

»Er ist durch«.

Das sagt sie abgrundtief ehrlich.

Gizmo schaut traurig zu mir und wird kurz darauf von einer Tierarzthelferin herausgetragen, um bei der Euthanasie nicht dabei zu sein. Als behandelnde Ärztin von uns beiden liegt ihr sein Seelenleben am Herzen und er soll künftig bei Besuchen in der Tierklinik nicht durch meinen Weggang getriggert werden.

Ob sie es mitbekommen, dass ich jedem noch einmal ins Gesicht schaue, als ich die Betäubungs-spritze bekomme und auf der Seite liegend auf die große Erlösung warte?

›Doc Wölfchen‹ verlässt das Zimmer, damit wir Drei uns in Ruhe voneinander verabschieden können.

Die Stimmen klingen leiser als vorhin, mal von Tränen und Traurigkeit, dann wieder von Lachen begleitet.

Leider kann ich nicht mehr sagen, wie schön dieser Abschied von und durch Euch war.

Das ›Herz(z)ensschön‹ musste sterben!

Meine Ärztin betrat das Zimmer.

Alle streichelten mich, bevor diese Nadel der Erlösung mich befreite.

Alles wurde weiß und ich fühlte mich wie ein Wolkenreiter. Zum ersten Mal konnte ich mein Maul wieder öffnen, ohne dass mir die Schmerzen das Hirn zerdonnerten. Ich war frei.

Danke.

Es gibt nur eine(n) Wolf

Ein Herz zu haben und es bewusst einzusetzen?
Chapeau

Liebe Frau Wolf[7],

bitte verstehe mich nicht falsch, ich kenne mich mit Erziehung und Etikette aus, da meine Familie mich entsprechend erzogen hat.

Dass ich Dich duze ohne Rückversicherung, entspricht nicht meiner Art. Aber ich bin der Ältere und darf Dir das ›Du‹ anbieten, stimmts? Es blieb auch nicht viel Zeit für Sentimentalitäten, und als ich bei Dir auf dem Tisch lag, hätte ich Dir gern mit meiner Pfote die Wangen gestreichelt, damit was von mir (bei Dir) bleibt.

Deine Betreuung und Fürsorge, ich habe sie oft gebraucht, und Du hast meine Wehwehchen weggestreichelt und meine Krankheiten adäquat behandelt.

Ich weiß, wie schwer es meiner Familie fällt, keinen Einfluss auf meine Danksagung nehmen zu können.

---

[7] https://www.tgz-oerzen.de/

Ich bin ›nur‹ ein Hund für viele, aber für Dich ein Patient, dem Du auf Augenhöhe begegnet bist.

Hundeflüsterin!
Diesen Titel hast Du verdient

Es ist mir aufgefallen, dass meine Familie Schwierigkeiten hat, die passenden Worte zu finden, sich neu zu strukturieren und mit meinem Freund, den Du damals beim sensiblen Chip-unter-die-Haut bringen an Dich gebunden hast (, weil es ihm nicht wehtat), einen Neuanfang zu machen. Seit einigen Tagen schaue ich auf die Leere und Entwurzelung. Nur schwer finden sie ins Leben zurück.

Als Highlander-Gentleman nehme ich mit Worten Abschied.

Es ist Dein einfühlsames Wesen und Deine Erfahrung, die es meiner Familie ermöglicht hat, mich nach einem schweren Jahr der palliativen Behandlung loszulassen.

Ich habe Deine Geduld bei der Beantwortung aller Fragen geliebt, Deine schnörkellosen Erklärungen und die beruhigenden Worte in äußerst schweren Momenten.

Dank Deiner Hilfe hat meine Familie das Vertrauen und die Sicherheit gewonnen, die sie für ihre Entscheidung benötigt haben.

Bitte gib weiterhin bei Gizmo Dein Bestes.

Deine menschliche Wärme, die Tiere in Dein Leben holt, wird noch viele Jahre gebraucht.

Der erlöste ›Macho-Teddy‹ empfindet es als Segen, Dir begegnet zu sein.

Wolkenreiter

Da guckt Ihr, was?

Ich sitze auf einer der schönsten Wolken, die ich je gesehen habe.

Sie erscheint mir wie viele Herzen, die sich gegenseitig festhalten und füreinander schlagen.

Ist es nicht das, wonach alle suchen?

Manchmal habe ich die Welt wie ein großes Playmobil empfunden. Was passte, wurde zusammengefügt, was nicht kompatibel war, erst einmal zur Seite gelegt und (hoffentlich nicht) aussortiert.

Ich blicke nach unten, um Euch zu sehen, und höre in Eure Gespräche hinein.

Längst wollte ich mich melden, aber ich musste mich neu finden – wie Ihr.

Meine Botschaft an Euch stecke ich in eine kleine Flasche und werfe sie, wenn bei Euch Nacht ist, in unseren Garten. Ja, ich sehe die Kerzen, die Ihr für mich anzündet, und genau dort werden meine Worte landen.

Liebe ›Mama Panik‹, liebe ›Mama Perfekt‹, lieber Gizmo, ich komme gleich zur Sache.

Bitte schiebt Restzweifel beiseite, denn es war alles richtig.

Ich vermisse Euch.

Nicht, dass Ihr denkt, ich sei froh, Euch zurückgelassen zu haben, nur weil ich hier glücklich bin. Es war die schwierigste Entscheidung meines Lebens, Euch DAS Zeichen zu geben, mich gehenzulassen.

Die farbige Brücke, die auf der Erde beginnt und bis zum Himmel reicht, zog mich so an, dass meine Angst verschwunden war.

Ich lief los, ohne noch einmal zurückzuschauen.

Haltet mich nicht für undankbar. Mein Leben mit Euch war das schönste, und ich bewundere Euch dafür, dass Ihr mich bis zu meinem letzten Atemzug begleitet habt, ohne zu klagen.

Als Ihr mich noch festgehalten habt, vielleicht auch so ein klein bisschen aufgrund der Hoffnung, dass ein Wunder geschieht, war ich bereits ›weg‹.

Bis heute spüre ich Eure Nasen in meinem Fell und hätte es gern zurück. Es schmerzt mich, Euch weinen zu sehen.

Danke, dass Ihr mich trotzdem losgelassen habt, mit einem grenzenlosen Verständnis, das ich jedem meiner Artgenossen wünsche, wenn es keinen anderen Weg gibt.

Natürlich hoffe ich, dass niemand meinen Platz einnimmt, aber Gizmo braucht viel Liebe und Zuneigung.

Falls er andeuten sollte, einen ›neuen‹ Kumpel zu brauchen, wie ich damals, als er mir half, dann trefft eine Entscheidung für ihn. Der Kleine hat in der letzten Zeit viel durchgemacht.

Jetzt ist seine Zeit, und denkt bitte ohne Tränen an unsere zurück. Die schönsten Momente, die wir teilten, steckten voller Glück.

Meines geht hier oben weiter.

Wie gesagt, ich ging einfach los, weil es keine Perspektive gab.

Es war ein langer Weg, aber das erste Mal seit Monaten lief ich ohne Schmerzen. Plötzlich sah ich mein neues Zuhause in einem Land mit saftig grünen Wiesen, kleinen Hügeln und Seen.

Ich wurde abgeholt.

Ihr fragt Euch bestimmt, was ich damit meine.

Wenn ich mich von dem ein oder anderen pelzigen Freund trennen musste, hatte die Trauer mich oft fest im Griff.

Und da standen sie, wieder gesund und jung, mit offenen Pfoten. Ich fühlte mich sofort wohl in ihrer Mitte, und seitdem spiele ich den ganzen Tag mit ihnen. Jeder ›liebt‹ jeden, und es herrscht Harmonie, die sich kaum jemand da unten vorstellen kann.

Rudimentäre Dinge wie Essen und Trinken rücken in den Hintergrund, bei dem Spielzeug, das auf den Wiesen liegt.

Tief in mir drin gibt es dennoch eine Sache, die ich vermisse, seit ich nicht mehr mit Euch zusammen bin.

Diese tiefe Liebe habe ich mitgenommen und sie wartet auf ›ein Später‹. Ich finde Trost in Erzählungen anderer, und ich weiß, dass ich nur vorausgegangen bin. Eines Tages werde ich innehalten und nach Euch Ausschau halten.

Wir finden uns wieder.

Sobald ich einen von Euch hier am befreienden Ende der bunten Brücke entdecke, werde ich Vertrautes spüren.

Ich weiß ja, dass Ihr nachkommt in dieses Land, das keinen mehr trennt.

Ich werde über die Wiese fliegen und jeden von Euch fest umarmen.

Das ist (noch) Zukunftsmusik, und mir ist wichtig, dass Ihr gesund bleibt. Solange bin ich Euer Schutzengel.

Ich beschütze Euch als ›Engel ED‹.

Wenn Gizmo Euch irgendwann verlässt, werde ich am anderen Ende der Regenbogenbrücke auf meinen besten Freund warten. Wir werden zurückblicken und dankbar sein für das, was Ihr aus unserem Leben gemacht habt.

Ich passe auf ihn auf, für Euch, für ihn, für mich.

Danke für Eure bedingungslose Liebe. Mein Leben hätte nicht schöner sein können.

Diesen Mut, mit dem Ihr mir einen würdevollen Abschied ermöglicht habt, bewundere ich zutiefst.

In treuer Liebe

Euer Teddy

Jetzt geht es mir besser.

Eine Flaschenpost war überfällig.

Mit meinen Pfötchen greife ich nach dem Zettel, stecke ihn in die Flasche, lasse beide auf die Erde hinab und springe von meiner Wolke.

Freunde

Mein Ziel, dass mein letztes Buch nicht zu einem persönlichen Fotoalbum wird, sondern alle Menschen anspricht, die sich von ihrem Hund verabschieden müssen, ist mir hoffentlich geglückt. Zu Beginn klingt Plattenepithelkarzinom nach Forschungsarbeit, über die man gerne mehr erfahren will.

Habe ich auch auf den vorhergehenden Seiten KI-Bilder verwendet, nehme ich an dieser Stelle persönlich Abschied von meinen Weggefährten.

Danke, dass ich in Eurem Leben eine Rolle spielen durfte.

›LEBEN IST DAS, WAS PASSIERT, WÄHREND DU EIFRIG DABEI BIST, ANDERE PLÄNE ZU MACHEN‹

(JOHN LENNON)

GIZMO

Mein Seelenfreund und Partner – wir waren ›Eddy und Mo‹. Ich liebe Dich, mein Freund.

Ein guter Freund kennt viele Deiner Geschichten, der hat sie mit Dir erlebt. Danke, Du liebenswerter Sturkopf. Mach weiter. Hey, der Pfeil passt.

Zorro

Nie vergesse ich, wie viele Abfuhren Dir Gizmo erteilt hat. Trotzdem bist Du drangeblieben und ich verleihe Dir den Titel: ›Durchbeißer‹.

Lina

Eine Prinzessin ohne Allüren. Danke, dass Du in meinem Leben warst.

Ziva

Ein Miteinander muss nicht perfekt sein, aber ECHT.

Daska

Hunde haben vier Beine, damit sie ihr großes Herz tragen können. Du bist der Beweis.

Dibo

Freunde sind Gärten, in denen man sich ausruhen kann." (Antoine de Saint Exupéry, französischer Autor von Der kleine Prinz) – Shorty hat die Antwort

Ozzy, Ossi, Ozzi und Oz

Die Zeit mit Dir war mir viel zu kurz, manchmal laufen die Menschen in verschiedene Richtungen und nehmen uns tolle Begegnungen. Du bist toll. Ich wünsche Dir, dass Deine K-Diagnose Dir nie im Wege steht und Du noch viele Jahre da unten bleibst.

Paulina

Eine Göttin, für die ich noch nicht den passenden Namen gefunden habe.
Aber ich habe ENDLOS Zeit hier oben.

Shaggy

Das Leben mit Shaggy bestand zu neunzig Prozent daraus, sich gegenseitig hinterherzulaufen und sich zu fragen, was der andere da wohl gerade frisst.

Er ist ein toller Typ, den – wie sein Frauchen – ein harter Schicksalsschlag traf.

Beide wurden zu einem Dreamteam.

Mach weiter, Shaggy, und passe gut auf Dein Frauchen auf.

Meine Gefühle reichen für viele mehr:

Benji, Pauli, Diana, Lotta, Lotte, Funny, Becky, Kira, Benny, Ella, Emma, um nur einige zu nennen.

Hunde schließen schneller Freundschaften als Menschen (aber auch mehr aus).

Gestern als Heute verstehen

Die, die zusammengehören, finden sich immer wieder.
Für diese Erkenntnis muss ich weder Christ noch
Buddhist sein oder einer Religion angehören.

Danke, Mo, dass es UNS gibt.